中公文庫

文章読本

新装版

三島由紀夫

中央公論新社

目次

文章読本

第一章　この文章読本の目的

鑑賞用の果物というのがあります。一例が仏手柑で、これは見て、香りをたのしむだけのもので、喰べるものではありません。喰べて栄養になるという、いわば実用的果物とはちがいます。それでは文章にも、厳密に言って鑑賞用というものがあるでしょうか。昔はそういうような文章もありました。美文というものがあり、鑑賞用の特殊な美しい文章、たとえば支那の四六駢儷体《へんれいたい》のような文章が作られていたころには、文章技術はもっと職人的な特殊なものとされていました。現在のように教育が普及して、誰でもいちおう文盲でさえなければ、文が書けるという時代になると、文章のこうした特殊な機能は薄れて、鑑賞用の文章を見る機会は、われわれの周辺には少くなりました。しかしそれでもなおかつ、文章というものには、微妙な職業的特質があるのであります。誰にでも書けるように見えるごく平易な文章、誰の耳目にも入りやすい文章、そういう文章にも特殊な職業的洗練がこらされていることは、見逃されがちであります。現在ではたとえ鑑賞の目的であっても、その意味がうちに秘められて、表面あたかもふつうの実用的な文章と変らないかのごとき装いをしているといってもいいでありましょう。一例が雑誌やいろいろな広告に見られるキャッチ・フレーズのような文章も、文学的な意味合いの高いものではありませんが、それぞれ独特な目的に従って技巧をこらされたものであって、決していわゆる素人の文章ではありません。

現代口語文が発足してから、われわれ民衆の文章も、いわば民主化された文章になったのではありますが、それでもなおかつ手紙の一部に候文があり、官庁や軍隊の用語はむずかしい漢語で綴られておりました。陛下の勅語は言わずもがなであります。それは終戦後になって、勅語も口語化される時代が来て、いちおう文章はますます平均化されて行ったように見えながら、おのずから同じ口語文のなかに目的、用途にしたがってたくさんの方法上の差別、あるいはニュアンスの差が残っています。これは私の経験ですが、大蔵省に勤務していたころに、大臣の演説の草稿を書かされてたいへん難儀をしたことがあります。私はごく文学的な講演の原稿を書いたのでありますが、それははなはだしく大臣の威信を傷つけるものでありました。課長は私の文章を下手だと言い、私の上役の事務官が根本的にそれを改訂しました。その結果できた文章は、私が感心するほど名文でありました。それには口語文でありながら、なおかつ紋切型の表現の成果が輝いておりました。そこではすべてが、感情や個性的なものから離れ、心の琴線に触れるような言葉は注意深く削除され、一定の地位にある人間が不特定多数の人々に話す独特の文体で綴られていたのであります。

私はいまここでいきなり文体の問題に入ろうとするのではありません。ただ昨今の「文章読本」の目的が、素人文学隆盛におもねって、だれでも書ける文章読本というような傾向に陥る傾きのあるのを、少し苦々しく思うためにほかなりません。婦人雑誌には結婚生活の記事が出、結婚生活の一定のルール、新婚の心得、初夜の心得、あらゆる普遍的な法則が教えられております。しかし、文章にはそのようなものはないのです。われわれは小学校から国語を習って、かつ作文を習い、文章の一定のルールを学びこそしますが、そのさきには多くの専門的段階があり、専門的修練があって、やはり実用的文章と、鑑賞的文章とはどこかでおのずからジャンルが分れているのでありあります。そのジャンルを打破したかのように見える、いわゆる素人文学は、模倣的鑑賞的部分と、ごく無意識的な実用文章的部分とが奇妙な混淆をして、それが一種の素人っぽい文学的面白さになっている場合もありますが、私はここでこの「文章読本」の目的を、読む側からの「文章読本」という点だけに限定した方が、目的も明確になり、素人文学に対する迷いを覚ますことにもなると思うのです。

チボーデは小説の読者を二種類に分けております。一つはレクトゥールであり、「普通読者」と訳され、他の一つはリズールであり、「精読者」と訳されます。チボーデによれば、「小説のレクトゥールとは、小説といえばなんでも手当り次第に読み、『趣味』という言葉のなかに包含される内的、外的のいかなる要素によっても導かれていない人」という定義をされます。新聞小説の読者の大部分はこのレクトゥールであります。一方、リズールとは「その人のために小説世界が実在するその人」であり、また「文学というものが仮の娯楽としてでなく本質的な目的として実在する世界の住人」であります。リズールは食通や狩猟家や、その他の教養によって得られた趣味人の最高に位し、「いわば小説の生活者」と言われるべきものであって、ほんとうに小説の世界を実在するものとして生きて行くほど、小説を深く味わう読者のことであります。私はこの「文章読本」を、いままでレクトゥールであったことに満足していた人を、リズールに導きたいと思ってはじめるのであります。これはまったく一作家にすぎぬ私にとって僭越な言葉でありますが、作家たることはまたリズールたることから出発するので、リズールの段階を経なければ文学そのものを味わうことができず、また味わうことができなければ、自分も作家となることができません。しかし依然としてリズールたることと、作家たることのあいだには才能というまか不思議な問題があり、また人間の持って生れた性格や運命があって、絶妙のリズールでありながら、ついに作家たり得なかった人もあれば、大作家でありながら非常に偏見に満ちて、みずから他の小説に対してリズールたることを拒絶して来た作家もあるのであります。サント・ブーヴという批評家は最高のリズールでありましたが、自分の書いた小説はことごとく失敗しました。また同時に日本の小説家でも志賀直哉氏は最高の小説家でありますが、スタンダールの『パルムの僧院』を読んで、その主人公ファブリスを「なんだ、ただのグレン隊じゃないか」ときめつけました。氏は作家の一種の衛生術として、自分の資質にあわない文学を拒絶する型の作家であります。こういう型の作家はほとんど無意識に、自分と質のあわない文学を頭から受けつけないのであります。これがリズールたる素質を持ちながら、リズールたることを拒絶する型でありまして、一般の読者にとってはそのような偏頗な読書方法はなんの意味も持たないものでありましょう。

私は中学時代に受けた作文教育にいまだに疑問を持っております。そこではもちろん平均的情操にしたがって作文が教えられていましたが、最もよい文章とされていたのは、直叙する文章、修飾のない文章、ものごとを淡々とそのままに描写することの深い文章が、いい文章と教えられました。しかし本来の文章道からいうと、このような文章は多くの作家がたくさんの余計なものを削除したのちに最後に達する理想の境地であって、中学生のような余分なエネルギーに溢れた年代の人間には、ほんとうに理解されるはずのものではありません。また同時に歴史的にも、また民族的にも文章にはさまざまの種類があって、この文章が最上の文章であるとかいうことは言えないのであります。一例がマルセル・プルーストの文章は明晰でありますが、簡潔さに欠け、フランス文学の簡潔で知的に圧縮された文体とは、あらゆる点で異っております。ですからプルーストの文体は、はじめは悪文と見なされたのでありますが、いまでは彼の創始した独特な新しい文体と言われております。このように文章はさまざまの進歩をし、変化をし、それぞれの個性にしたがって最上のものが作られて行くので、この「文章読本」の目的も、ある一つの型の文体を最高のものとして、ドグマティックに文体の階級制度を作ろうというのではありません。私はなるたけ自分の好みや偏見を去って、あらゆる様式の文章の面白さを認め、あらゆる様式の文章の美しさに敏感でありたいと思います。

第二章　文章のさまざま

男文字と女文字

純粋な日本語とはかなであります。平がなのくにゃくにゃした形から、われわれはあまり男性的な敢然としたものを感ずることはできません。実際平がなで綴られた平安朝の文学は、ほとんど女流の手になったものでありました。日本の純粋のクラシックは、このような女流の手に綴られた、いかにも女性的な文学によって代表され、その伝統はいまも長く尾を曳いて、日本文学の特質は一言をもってこれを覆えば、女性的文学と言ってもよいかもしれません。

それでは男性は文学にどのようにして参与していたのでしょうか。平安朝時代には漢字が男文字と言われ、平がなが女文字と言われていました。そして『和漢朗詠集』

のような漢詩の詩集が、ほとんど男性の手によって綴られ、一方、三十一文字、和歌の集には（もちろん男子もたくさん登場しますが）、女性も負けずに——負けずにどころか、代表的地位を占めて活躍しました。『土佐日記』のはじめに「男もすなる日記といふものを」という文章がありますが、これは『土佐日記』の作者がみずから女を仮装して女文字ではじめて作品を書いたことに対する、一種のエキスキューズであります。

私は当時を空想するのですが、当時の社会では論理と感情、理知と情念とは、はっきり男女に分れていました。そして女子は感情と情念を代表し、男性は論理と理知を代表していました。これは本来、両性の性的特質に深く基いたものでありますが、平安朝時代にはこの性的特質にしたがって使われる言葉もまたちがっていたのであります。つまり論理と理知の外延上には、政治があり経済があり、社会的関心があり、あらゆる外《そと》の生活がありました。それから感情と情念の外延上には、情熱があり、恋愛があり、嫉妬があり、報いられぬ恋の悩みがあり、悲しみがあり、人間生活のあらゆる内的なものがこめられました。

文学がそのどちらに重点が置かれるかというと、近代文学の常識から考えても、後者に重点が置かれることになります。しかし古い支那文化の影響を受けた時代には、文学というものは必ずしも後者に重点が置かれるものではありませんでした。文章的修辞は政治や経済や社会のあらゆる面へ及び、支那の古代の詩は、あたかも恋愛詩のような外観を保ちながら、政治的慨嘆を述べるものでありました。むしろ現代のように文学がまったく私生活と私的感情の表現に化したのは、近代以後の現象といっても過言ではありません。文章は公共的機能と、私的機能との両方の側面を持っておりました。たとえば古代ギリシアでも、悲劇は同時に祭典でありました。そしてエディプス王の内的感情の嵐は、神の支配する人間の運命の恐しさをあらわし、同じ神の運命の支配下にあるものとして、全市民の生活と同一範疇にありました。つまり私生活と公共生活とを結ぶ第三のものが宗教であり、平安朝時代にはこれが恵心僧都の『往生要集』によって象徴されるような来世信仰であるか、『源氏物語』の底流にある華厳宗の教理であるかしたのであって、ギリシアの古代には、ギリシアの神々の信仰がありました。日本の平安時代における宗教の力を、西洋のギリシアや、中世における宗教の力といきなり比べることは軽率のそしりをまぬがれませんが、人間の公共生活と私生活とが別のもの、第三のものの統帥下にあって、ともに相対的に等質のものと考えられた点では、現代とは大きい相違があります。十九世紀になってロマンティックの流派が感情の優位を唱えるまで、長らく文章はこういう二つの機能を合せ持って進んで来ました。これはフランスでも十八世紀の文学に言えることで、ヴォルテールの文学は政治諷刺の文学であり、同時に小説のひとつの模範であります。

しかし日本語の特質に帰ると、日本人は奇妙なことに男性的特質、論理および理知の特質をすべて外来の思想にまったのであります。平安朝時代の漢語および支那文学の教養は、武家時代になると、禅宗の影響下に、また儒教の影響下につぎつぎと新たに入ってくる外来文化の影響にすり替えられました。日本の男性的文化はほとんどすべて外から来たものであり、まだ外来文化に浴さないうちの日本の男性は、『古事記』時代のような原始的男性の素朴さを持ち、まだ感情を発見することなくひたすらに素朴な官能に生きていました。男性が感情を発見する前に、女性が感情を発見したのであります。そして男性はますます自分の感情を発見することよりも、古代の外来文化のもたらした諸概念に身を縛ることの方に、むしろ積極的な喜びを見出しました。男性はますます頑《かたく》なに感情から離反し、種々の哲学概念や宗教的概念でもって感情を殺そうと試みました。儒教の影響下にあった武士道のあの頑なさについては、皆さんはよく御存じであります。

この影響は明治維新以後にもあいかわらず払拭されませんでした。ドイツ観念論哲学の用語が嵐のごとく日本の知識階級の用語になって流入し、あらゆる抽象概念はドイツ観念論の用語で代用されました。そうした日本には、日本独特の抽象概念というものがなかったので、平安朝の昔から男性は抽象概念を、すべて外来語によって処理してしまう習慣になっていました。そして日本語独特の抽象概念にあたるものは、いつも情緒の霧にまといつかれ、感情の湿度に浸潤されて、決して抽象概念すら自立性、独立性、明晰性を持つことはできませんでした。むしろこのような言葉の曖昧さの性質は、男女の別なしに民衆の言葉のなかに滲透して、民衆の文学が生れる素地を作ることにはなったが、これはまたあとの問題であります。

このように考えてくると日本の文学はというよりも、日本の根生(ねおい)の文学は、抽象概念の欠如からはじまったと言っていいのであります。そこで日本文学には抽象概念の有効な作用である構成力だとか、登場人物の精神的な形成とか、そういうものに対する配慮が長らく見失われていました。男性的な世界、つまり男性独特の理知と論理と抽象概念との精神的世界は、長らく見捨てられて来たのであります。平安朝がすぎて戦記物の時代になりますと、そこでは叙事詩的な語りものの文学、『平家物語』とか『太平記』が生れましたが、そこで描写される男性は、まったくただ行動的な戦士、人を斬ったり斬られたり、馬に乗って疾駆したり、敵陣におどり込んだり、扇の的を矢で射たりするような、ただ行動的な男性の一面が伝えられるにすぎませんでした。

一方、平安朝の女流作家が開拓した男性描写、それはいわば女性の感情と情念から見た男性の姿であります。男性はひたすら恋愛にのみ献身し、男性の関心はすべて女性を愛することに向けられました。そこでは男性すらが女性的理念に犯されて、すべて男女の情念の世界に生き、光源氏のような、絶妙な美男子ではあるが、ただ女から女へと渡って行く官能的人間を、理想的な姿として描いています。これはまた戦記物の行動的な男子と同様、男子の一面を描写するにすぎません。しかしこのほうの男性描写の伝統こそ、日本文学の最も長い、最も深い伝統をなすもので、元禄時代の西鶴の『好色一代男』も『源氏物語』の影響を受けたものでありますが、これにもまた好色一辺倒に生きた男の生涯が語られて、それが武士道徳に対する民衆的理念を代表するものであったとしても、やはり男性の精神的世界は閑却され、この伝統はわれわれの意識しないところで、明治以後の近代文学にまで続いているのであります。志賀直哉氏の『暗夜行路』の主人公時任謙作は、彼が行動的人間であると同時に、異常な官能的人間であることで、西洋の近代小説から劃然と離れております。そこにはおそらく日本の文学者が作ってきた男性像のひとつの極限が見られるので、彼には抽象概念がまったく欠けているが、行動と恋愛においてだけ、感覚と官能においてだけ、男性であるのであります。

われわれは日本語のこうした特質を、いつも目の前に見ていなければなりません。多くの作家がこういう特質から逃れようとしてさまざまな試みをしましたが、根本的には日本人が日本語を使う以上、長い伝統と日本語独特の特質から逃れることはできないのであります。日本文学はよかれあしかれ、女性的理念、感情と情念の理念においては世界に冠絶していると言ってもよろしいでありましょう。その点で日本の近代文学はおのずから日本の古典文学の最も豊富な特質を受け継いだものが成功をみております。これはたとえば古典的教養のない作家であっても、言葉そのものによっておのずから掣肘を受け、過去の栄養をとっているので、そのような結果になるのでありましょう。

何心なく、若やかなるけはひも、あはれなれば、さすがに、なさけ〳〵しく契りおかせ給ふ。

「「人しりたる事よりも、かやうなるは、あはれ添ふこと」となん、昔人もいひける。あひ思ひ給へよ。つゝむ事なきにしもあらねば、身ながら、心にもえ任すまじくなむ有りける。又、「さるべき人々も、許されじかし」と、かねて胸痛くなむ。わすれで待ち給へよ」など、なほなほしく語らひ給ふ。（『源氏物語』空蟬）

藤壺の宮、悩み給ふ事ありて、まかで給へり。うへの、おぼつかながり、嘆き聞え給ふ御気色も、いと、いとほしう見たてまつりながら、「かゝる折だに」と、心もあくがれ惑ひて、いづくにも〳〵、まうで給はず。内裏にても里にても、昼は、つく〴〵とながめ暮らして、暮るれば、王命婦をせめありき給ふ。いかが、たばかりけん、いとわりなくてみたてまつる程さへ、うつゝとは思へぬぞ、わびしきや。宮も「あさましかりし」を、思し出づるだに、世と共の御物思ひなるを、「さてだに、やみなん」と、深うおぼしたるに、いと心憂くて、いみじき御気色なるものから、なつかしうらうたげに、さりとて、うちとけず、心ふかう恥づかしげなる御もてなしなどの、なほ、人に似させ給はぬを、「などか、なのめなることだに、うち交り給はざりけん」と、つらうさへぞ、おぼさるゝ。（『源氏物語』若紫）

逐レ吹《カゼヲオテ》潜開《ヒソカニヒラク》、不レ待二芳菲之候一《ハウヒノコウヲマタズ》、迎レ春乍変《ハルヲムカヘテタチマチニヘンズ》、将レ希二雨露之恩一《マサニウロノオンヲコヒネガハムトス》。立春日内園進花賦
池凍東頭《イケノコホリノトウトウハ》風度《カゼワタテ》解《トク》、窓梅北面雪封寒《マドノウメノホクメンハユキホウジテサムシ》。篤茂　（『和漢朗詠集』）

散文と韻文

西洋の文学史は韻文からはじまりました。ギリシアで散文が発生したのは、歴史文学が出て以後のことでありまして、それ以前は叙事詩や、それから劇も、抒情詩もすべて韻文で綴られました。

日本の文学も『万葉集』のような大きな詩集が古い時代にできはしましたが、その前の『古事記』は、語部の語り伝えた文章であって、ところどころ韻律的な箇所があるにしても、全体的に韻文と言うことはできません。日本語の特質が韻文と散文とい

うようなはっきりした種別を不可能にさせたのであります。なぜならば日本語には頭韻に類したものはつけるのがむずかしく、脚韻もありません。しかし『万葉集』には古代人のたわむれによって頭韻的なものも何度か試みられました。

　持統天皇、志斐嫗《しひのおみな》に賜へる御歌
不聴《いな》といへど強《し》ふる志斐のが強語《しひがたり》このごろ聞かずて朕《あれ》恋ひにけり

　志斐嫗の和《こた》へ奉れる歌
いなといへど語れ語れと詔《の》らせこそ志斐いは奏《まを》せ強語《しひがたり》と言《の》る
（『万葉集』二三六―七）

また厳密に頭韻ではありませんが、枕詞の使用によって頭韻的な効果を出したものもたくさんあります。

ちちのみの父のみこと

ははそばの母のみこと
おほろかにこころつくして
おもふらむその子なれやも
（『万葉集』四一六四）

ホメロスでも「燦めく眼の女神アテーネー」という風に、一種の枕詞を音の調子を整えるために使っております。東西、揆を一にしているのが面白い。ホメロスの多くの英雄や神々は、枕詞をもって韻律を整えながら、堂々と叙事詩のなかを進んで行きます。しかし日本語は詩というものを作るのに、『万葉集』の長歌の時代をすぎてからは三十一文字だけになりました。それ以後は輸入の漢詩に待つほかはありませんでした。この三十一文字のなかには、五・七・五・七・七の法則が、たとえば日本語の黄金分割のように動かされない韻律上の法則になり、のちの戦記物が一種の韻文で綴られるようになったときも、やはり七・五調に類したもので綴られました。こういうように七・五調ないし、五・七調は長らく語りものの伝統になって、戦記ものから仏教の和讃や、『浄瑠璃十二段草子』を嚆矢とする「古浄瑠璃《こじようるり》」に入り、浄瑠璃の全盛時代を通じて、一般の散文も浄瑠璃を模した文体で綴られるようになり、さらに戯曲の上でも黙阿弥のように幕末に至って七・五調の台詞が完成され、この影響は明治以後にも及んで、坪内逍遙の『桐一葉』やシェークスピアの第一次翻訳まで尾を曳いたのであります。これが純粋の韻文と申すべきか、否かは問題でありましょうが、日本語の特質を考えれば、いちおうこれを韻文と言っていいでありましょう。

一方、散文の物語は和歌の詞書《ことばがき》から発達したものと言われております。つまり詩の前に附された散文の注釈がだんだん発展して日記になり物語になってきたというのが、文学史の等しく言うところであります。平安朝文学は「色好みの家《いえ》」の伝統から生れたと言われ、恋愛感情の交換にほかならぬ和歌の応酬によって、情念の専門家が形づくられてゆき、その情念の専門家たちは、単なる和歌の形式には満足しなくなって、抒情詩の注釈を拡張したのであります。そしてこの抒情詩の注釈の拡張が、日本の散文の発生をなしたという事情は、ギリシアの散文が歴史家の如き学者の文章や、ギリシアで多く行われたアポロギア（弁明）などの演説から発展して行ったのとは、まったく事情を異にするものであります。日本の散文は韻文とそう遠くない抒情的基盤から発生して、情念を解説し、情念を描写し、情念を構成しつつ発展しました。一方、韻文は抒情詩の形から発展しながらも、和歌の伝統が宮廷生活の終焉とともに、次第次第に衰えて行くと同時に、戦記物やその他民衆の語りものの形に受け継がれて行きました。そしてまた韻文が文盲の民衆の言葉になり、散文の伝統は宮廷風の感情生活のなごりになりました。徳川時代において、擬古文と呼ばれるものは、すべてある意味で教養をひけらかすスノビッシュなものでありました。元禄時代の西鶴の小説の文章のなかには、韻文的特質と散文的特質がじつに奔放に混淆しております。彼の描いた散文的な世界、商人の金もうけや吝嗇や、打算や、娼婦の心理的かけ引きや、ドン・ファンの遊び人の心情や、そういうものを描写する文章は、もはや平安朝時代のような透明な散文では綴れなくなって、不思議な彼独特の個性的なリズムによって、散文であると同時に韻文でもあるという、双面神のようなデコレイティヴな文体のうちに結晶しました。

私も根本的に言って、日本では散文と韻文とを、それほど区別する必要はないと思っています。近代文学者が外国の思想の影響を受けて、散文芸術の精神を唱えて、自然主義文学の影響を受けた作家たちは、散文の窮極の目的と、自分たちの文学理念とを調和させようとして努力しましたが、日本語にはなおかつ長い散文・韻文の混淆の歴史が日本語の特質の背後に深く横たわっているのであります。これはあのような革命的変化であった口語文の発達によっても、なお、どこかしらに拭われぬものを残しています。現代文学でも泉鏡花のなかにはまぎれもない韻文的文体の伝統がありますし、現代このような文体をはっきりと提示しているのは石川淳氏でありましょう。谷崎潤一郎氏の散文にも語りもの的な、洋々たるリズミカルな文体の流れが顔を出しています。

散文は最も実用的な文章に近く、ものごとを的確に指示し、明晰につかみ出し、装飾を嫌い、事物を写実的な形においてありのままにとり出して見せるという、理想的な効用を持っております。しかし日本語には、じつはこのような窮極な明晰な手法はないのであります。日本語の特質はものごとを指し示すよりも、ものごとの漂わす情緒や、事物のまわりに漂う雰囲気をとり出して見せるのに秀でています。そうして散文で綴られた日本の小説にはどこまでもこのような特質がつきまとって、どこかでその散文的特質をマイナスしつつ、しかも文体を豊かにしているのであります。われわれはいまや七・五調の文章になじむことはできません。しかし、七・五調の文章の持つ日本語独特のリズムは、われわれのどこかに巣くっております。たとえば警視庁の前に立てられた立札に、

「注意一秒　怪我一生」

「ライトはいつも下向きに」

「ハンドルは腕で握るな心で握れ」

またキャッチ・フレーズにも、われわれの身のまわりに目に触れる現代語の簡単なモットーなどにも、いまだに七・五調の形態が残っております。

「くしゃみ三回　ルル三錠」

「父さん温泉　僕スキー」

「有楽町で逢いましょう」


先ごろある外人のパーティに私は行って、一人の小説家にこう尋ねたことがあります。あなた方は小説を書くときに、印刷効果の視覚的な効果というものを考えたことがありますか。彼ははっきり答えて、絶対にないと申しました。われわれから見ると、Yという字が下に長くのびていたり、Lが上に長くのびていたり、英語の印刷上の効果の多少の起伏や凸凹があるというところが面白いと思われるのですが、外国人はついぞそういうものに注意を払ったことがないらしいのです。そのかわりどんな散文であっても、外国の文章は耳からの効果がある程度大切にされなくてはなりません。もちろんそれが行進曲だの、ワルツだのというような派手な音楽的効果でなくても、無韻の韻といった音のないところから生ずる静かなリズム、人間の内的なリズムが感情にあらわれたようなリズムは、あくまでも重んじられなければなりません。しかし象形文字を持たない国民である彼らは、文章の視覚的効果をまったく考慮しないで綴ることができるのであります。

われわれにとっては、一度、象形文字を知ってしまった以上、文章において視覚的効果と聴覚的な効果とを同時に考えることは、ほとんど習性以上の本能となっております。たとえば伊藤整氏が『女性に関する十二章』のなかで、頻繁に漢語を片カナで書く手法を創始しました。漢語を片カナで書くことは、不思議なパロディの効果を増すものであって、われわれの持っている抽象概念を馬鹿にする効果があるのであります。音としては同一であっても、そこにはいままでいかめしく並んでいた漢字が、平易な片カナになって裸の形で露呈されることは、いかにもわれわれがいままで王様だと信じていたものが、裸の王様であったということがわかるような、抽象概念の尊大さが剝奪された滑稽な効果を生ずるのであります。伊藤整氏があのように頻繁に漢語の片カナ化をやり、それがひとつの流行になったことは、氏にとっては迷惑であり、われわれ読者にとっても困った流行だと思われますが、氏の場合にはそれはひとつの偶像破壊的な効能を持ちました。しかし象形文字に馴れたわれわれは、片カナにそれが変えられることによって、眼からくる効果がかなり変えられて来ながらも、やはり元の漢字を頭に喚起して読んでいる。カナ文字会の人たちがやるように、漢字の意味、内容の全部を片カナで表現しようとすると、これはほとんど意味をたどることができなくなるのであります。

漢字によって少くともわれわれは視覚美という厄介なものを学びました。それと同時にかなの文章、女文字の文章の持っていた透明な情念の連鎖というものを失いました。これはわれわれの歴史的運命であって、谷崎潤一郎氏が『盲目物語』で試みたような平がなばかりで、現代の小説の文体を作るということは、やはり不可能な、単なる復古的な試みにすぎません。

祇園精舎の鐘の声、諸行無常の響あり、沙羅双樹の花の色、盛者必衰の理を現す。驕れる者久しからず、只春の夜の夢の如し。猛き人も遂には亡びぬ。偏に、風の前の塵に同じ。（『平家物語』）

此の世の名残。夜も名残。死にに行く身を譬ふれば仇しが原の道の霜。一足づつに消えて行く。夢の夢こそあはれなれ。あれ数ふれば暁の。七つの時が六つ鳴りて残る一つが今生の。鐘の響きの聞きをさめ。寂滅為楽と響くなり。鐘ばかりかは。草も木も空も名残と見あぐれば。雲心なき水のおと北斗は冴えて影うつる星の妹背の天の河。梅田の橋を鵲の橋と契りていつ迄も。われとそなたは女夫《めをと》星。必ずそふと縋りより。二人が中に降る涙河の水嵩《みかさ》もまさるべし。（近松『曾根崎心中』）

世にすめば袴肩衣《はかまかたぎぬ》もむつかし。人の風情とて朝毎に髪ゆはするもこゝろに懸れば、十徳《とく》にさま替て昔しは男山、今こそ楽阿弥《らくあみ》と八幡《やわた》の柴《しば》の座《ざ》といふ所にたのしみを極め、東に三十万両の小判の内蔵を造らせ、西に銀の間枕絵の襖《ふすま》障子、都よりうつくしきをあまた取よせ、誰おそるゝもなく、或時ははだか相撲、すずしの腰絹《こしぎぬ》をさせて、しろきはだへ黒き所までも見すかして、不礼講のありさま是成べし。此人もとは若狭《わかさ》の小浜《をはま》の人也。北国すぢの舟つきのたはれ女、敦賀《つるが》の遊女のこらず見捨て、今上《かみ》がたにすみぬ。

　世之介勘当《かんだう》の身と成て、よるべもなき浪の声、諷《うたい》うたひと成て、交野《かたの》・枚方《ひらかた》・葛《くず》葉《は》にさし懸り、橋本に泊れば、大和の猿引・西のみやの戎《えびす》まはし・日ぐらしの歌念《うたね》仏《ぶつ》かやうの類《たぐい》の宿とて同じ穴の狐《きつね》川、身は様〻に化《ばかす》るぞかし。

（西鶴『好色一代男』）

文章美学の史的変遷

　二葉亭四迷以後、われわれの文章は革命的変化を経ました。それまでの文学はすべて古典文学になってしまいました。明治の作家でも樋口一葉の『たけくらべ』や、尾崎紅葉の口語体以前の文章『金色夜叉』などは、もはや現代の読者には耳遠い言葉としか思われません。詩の世界でも、西洋の近代詩が輸入されていながら、ついこのあいだまで老人たちは詩というと漢詩のことだと思っていました。アヴァンギャルドの現代詩人が老人に詩をやっておりますと言ったばかりに、漢詩の揮毫を頼まれて困った話などは、まだそこらにころがっています。しかし詩の世界でも川路柳虹氏ごろから口語詩の発達によって、それまでの古典的な美学はすっかりうしろに放りやられました。もちろんその後も佐藤春夫氏や、三好達治氏のような古語を自由に駆使する詩人もあらわれたことはあらわれましたが。

現代口語文がいかにして発生したかは、それぞれの専門家の本によって十分見ていただくことができますが、翻訳文が現代口語文に影響し、また現代口語文が翻訳文に影響したことは、疑いを容れない事実であります。それまでには無理をしてでも、翻訳文は雅文体で翻訳されていました。たとえば鷗外の『即興詩人』は名文でもって知られていますが、

ここはわが心の故郷なり、色彩あり、形相あるは、伊太利の山河のみなり。わが曾遊の地に来たる楽しさをば、君もおもひ遣り給へといふ。

（アンデルセン『即興詩人』森鷗外訳）

このようにいともみやびやかな文章であります。このみやびやかな雅文調のなかに、読者は十分に日本の風土と、日本の社会環境とはちがった、西洋の事物に対するエキ

ゾチシズムを満足させられたのであります。単に翻訳を味わうためにだけ口語文が必要なわけではありません。口語文は言語の発達と変化にともなって、あまりにも文章が実用から離れ、文章を作るということと、実際の社会生活とのあいだに乖離が起って来たことから、当然歴史的に生れたものということもできましょう。一例が、われわれは昔のような着物だけの生活では、物質文明の潮流を乗り切れないので、みっともないと思いながらも、洋服に着替えて靴をはき、社会生活のテンポにあわせて行かなければならなかったように、文章もまた激しい時代や社会の変化に即応して「なになになんめり」というような文章が、チョンマゲのように滑稽に見えてきたこととも関係があります。風俗は滑稽に見えたときおしまいであり、美は珍奇からはじまって滑稽で終る。つまり新鮮な美学の発展期には、人々はグロテスクな不快な印象を与えられますが、それが次第に一般化するにしたがって、平均的美の標準と見られ、古くなるにしたがって古ぼけた滑稽なものと見られて行きます。

言葉もこのようなものであります。口語文の発生期には、非常な違和感をもって迎えられたにちがいないが、同時に産業革命の結果発明された種々の工業製品が東京の街を満たし、したがって「なになになんめり」流の文章は、電燈や電車や、エジソンの発明した近代生活の必需品にだんだんふさわしくなくなってきました。たとえばパリの街ではあらゆる近代設備が十八世紀や十九世紀の古めかしい建物のなかに、そのまま設備されておりますが、日本のような木造建築でいつでも壊され、いつでも古び、いつでも改築できるようなところでは、言葉は時代にしたがって完全に改築できるようなものと思われたのであります。そして事実、これは改築されました。日本人の改革ということに対する感覚が安易なのは、私には建物の構造と、歴史的事物の耐久性のなさと大いに関係があると思われます。石や鉄による歴史的事物は耐久力がほとんど無限であって壊すに壊されず、そこに居坐っているのでありますが、戦災によって灰燼に帰した東京から、また新しく木造建築がドシドシと建てられるように、われわれの言葉に対する考えでも安易な、すぐ建て直せるようなものがどこかにひそんでいます。戦後行われた言語の改革と称するもの、制限漢字や新かな遣いも、一片の法令で行われるようなそういう改革は、日本人の革新ということに対する安易さをよくあらわしています。

しかし現代口語文の革新はそのようなものではありませんでした。それは日本の歴史を西洋の世界史につなぐものであり、物質文明の歩調にあわせて、日本の言語を改革しようとするものでありました。その恩恵をわれわれはいま深く蒙っているのであります。その結果、失ったものは決して少いとは言えません。しかし文章は刻々変化して行くものであって、現代口語文すらその発生時には、漢語めいた言いまわしや、明治時代特有の言いまわしを数多く固着させて、いま見ると当時の口語文は同じ口語文でありながら、あたかもたくさんの貝殻を附着させた廃船のように見えないものもないではありません。言葉は絶えず時代の垢をつけて死に絶え、また生き変りしながら発展して行くものであります。

ここで口語文について、われわれの現代の文章にもっとも深い影響を与えている翻訳文のことを述べなければなりません。皆さんは終戦後のマッカーサー憲法の直訳である、あの不思議な英語の直訳の憲法を覚えておいでになると思います。それはなるほど日本語の口語文みたいなもので綴られておりましたが、実に奇怪な、醜悪な文章であり、これが日本の憲法になったというところに、占領の悲哀を感じた人は少くなかったはずです。もし明治時代に日本が占領されていたとしたら、同じ翻訳であっても、もっと流麗な美文で綴られたことでありましょう。

われわれは今日、外国文学および外国文化のあらゆる概念が、一つ一つそのまま日本語に移管されうるという幻想を抱いています。日本ほど翻訳の盛んな国は珍しい。世界各国の文学が旺盛な知識関心によって日本語に移されていますが、これはすべて明治の文化の影響下に、そのお蔭を蒙って出ているものであります。先にも申しましたように、日本人は西洋の抽象概念を語るものをもたなかったので、それを明治までは漢語で代用していましたが、たまたま西洋の文化が輸入されて、西洋の抽象概念が輸入されるにしたがって、日本人はいままでもっていた漢語の新しい組合せによって、新しい概念を表現したのであります。いま私が使っている概念という言葉ですら、ドイツ語のベグリッフ Begriff の訳であります。それがあいまいに理念とも言われ、想念とも言われ、漢語独特の装飾的な言いかえ、置きかえによって自由にもとの概念からはずれて行きます。われわれが漢訳の外国語によって得たものは、概念の厳密さよりも、その概念を自由に使いこなす日本的な柔軟性をわれわれのものにしたというにすぎません。ここから概念の混乱が起り、日本人の思考の独特な観念的混乱が生じたのであります。

翻訳文はすべてこういう影響のもとに生れ、外来の一つ一つの言葉の概念が漢語の組合せによって移管されるという信念にしたがって行われてきたのでありますが、この信念は次第に強固なものになって、われわれはみずから翻訳的な文章を日本語で書くようになりました。戦前には「あいつの文章は翻訳調である」ということは悪口と思われていました。しかし戦後には、もはやそうではありません。なぜならば翻訳調の文章がいまでは主流になって、日本的な文章はむしろまれになってきたからであります。というのは一度翻訳された概念が、当時はまだ高級な哲学的思考に限局されて使われていたものが、次第に通俗化してわれわれの生活そのものが輸入概念に従わされるようになってきたからであります。

同時に言葉はますますもとの厳密性を失って、われわれはいまや自分の気持と言うかわりに、自分の感情というようになりました。そうして「私はあの人を知っているわ」というかわりに、「私はあの人を認識したわ」というようになりました。西洋では哲学用語は、特殊な哲学者の新造語を別にしては、すべて日常用語から発生して、日常用語の学問的厳密化であり、一定の定義にしたがってその用途を限局して、それをもって哲学上の術語としたものであります。しかし日本ではそれが逆になって、まず哲学上の術語として輸入されたものが、概念が徐々にあいまいになり、拡げられて日常用語に溶かし入れられたものであります。その当時の用語はカントを代表とするドイツ観念論の用語でありますから、法律、軍事あらゆる面にドイツ文化の深い影響を受けた近代文化は、つい最近まで一方でドイツ観念論の訳語を使いながら、一方で浪花節をきいたり、流行歌を歌っていたりしたのであります。

ところが戦後はことに英米の概念がとって代り、さらにフランス文学の翻訳の顕著な発達にともなって、フランス的諸概念が自由にわれわれの生活のなかにはいってき、このようなインターナショナルな概念の混乱にしたがって、われわれの精神生活や感情生活は、おそるべき概念の過多で満されています。そこで小説その他の文学にまでもおのずからこれが顔を出して、われわれはこれが翻訳調であるとか、これが日本の文章であるとかいう区別が徐々にできなくなりつつあるのであります。たとえば近い例は、大江健三郎氏の文章はそのままサルトルの翻訳だといっても、誰が不思議に思うでありましょう。もちろんサルトルと大江氏の文章は発想においても資質においてもちがっていることはもちろんであります。彼は意識的にその用語を、サルトルの使ったような用語の概念に近づけようとして使っております。それは戦前ならば翻訳調の文章と思われたでしょうが、いまは、われわれはそれをさほど翻訳調の文章と感じないのであります。むしろ翻訳調の文章と大いに言われたのは、新感覚派の時代の初期の横光利一氏の文章であります。

ナポレオン・ボナパルトの腹は、チュイレリーの観台の上で、折からの虹と対戦するかのやうに張り合つてゐた。その剛壮な腹の頂点では、コルシカ産の瑪瑙の釦が巴里の半景を歪ませながら、幽かに妃の指紋のために曇つてゐた。

（横光利一『ナポレオンと田蟲』）

こういう文章はいま皆さんが見られても、あきらかに翻訳調の文章と思われるでありましょう。もちろん横光利一氏の新感覚派時代の文章は、われわれが日本語の文章と思っているものに感覚的抵抗を与えることを目的としたものでありました。それによってわれわれの感覚を潑剌とさせ、新鮮にする、われわれの感覚に新しいものを加えようとするのが、彼等の主張でありました。ですからその文章は「故意の翻訳体」と呼ばれるべきもので、最近の大江健三郎氏のように、ほとんど無意識の翻訳体とは区別さるべきでありましょう。つまり現在では翻訳調の文章は、横光氏の時代がもっていたような、人の感覚に抵抗を与える効果というものは、すべて失ってしまったのであります。われわれは翻訳文の氾濫によって、もはやどんな不思議な日本語もさほど不思議と思わなくなるに至りました。そのもっとも極端な例は、石原慎太郎氏の『亀裂』の文体のようなもので、ここでは、日本語はいったん完全に解体されて、語序も文法もばらばらにされて、不思議なグロテスクな組合せによって、異常な効果を出しています。しかし石原氏にとって損なことは、その文章が横光利一氏のように、故意の翻訳体の形において人の感覚に刺戟を与え、それからめざめさせるという効用を、現在はほとんどもっていないことであります。

陶酔の、その行為の瞬間に彼が感じる真実が、結局はその一瞬のものでしか有り得ぬと言うことへの焦躁を、同じその行為の内で消しさることを彼は無意識の上に願ってもいた。そして彼は突然手に入れた涼子と言う女の体を通じて、ふと、何故かふとそれが出来得ると言う予感に襲われるのだ。

（石原慎太郎『亀裂』）

文章を味わう習慣

歌舞伎に行きますと、ときどき侍が悠々たる恰好で出てきて、見台に本を置いて「どりゃ書見をいたそうか」と言って本を読み出します。

われわれはこんなふうに本を読むことはほとんどありません。昔はわれわれが字引を枕にしたり、お尻に敷いたりすると親に叱られたものですが、いまではそんなことを叱る親はありますまい。泉鏡花氏は、ほんのちょっとした字の書いてある新聞の切れはしでも、およそ字の書いてあるものは粗末に扱うことをしなかったと言いますが、いまのマス・コミ時代に、そんなに文字を大切にしていたら身がもたなくなるでしょう。週刊誌は読み捨てられるのが運命であり、三つ四つの駅を通過する通勤の電車のなかで、それは隅から隅まで目を通されて網棚に残されます。この情勢がますます激しくなることは必然的であって、私は外国の飛行場の待合室で、大きい『ライフ』が椅子の上に置かれているのを忘れものと思って人に呼びかけたことがあります。すると立って行った人は、それは捨てたのだと言ってすましていました。『ライフ』のようなアート紙の大判の立派な雑誌は、日本ではまだ大切にするでしょうが、アメリカでは週刊誌と同じように扱って、ペラペラッとめくられてたちまち捨てられてしまう運命にあります。

このような時代に次第に文章を味わう習慣が少くなるのは当りまえと言えましょう。しかし昔の人は小説を味わうと言えば、まず文章を味わったのであります。今日、小説の読者は、ちょうど自動車で郊外を散歩するようなもので、目的地が大切なのであって、まわりの景色や道端の草花やちょっとした小川の橋の上で釣をしている子どもの姿も、そういうものは目にとめずに、目をとめたにしても一瞬のうちに見過してしまいます。しかし昔の人は本のなかをじっくり自分の足で歩いたのです。交通機関のない時代としては無理もありません。歩けば歩くなりにいろいろなものが目を惹きます。歩くこと自体は退屈ですから、目に映るもの一つ一つを楽しみ味わうことが、歩くことの喜びを豊富にします。私はこの「文章読本」でまず声を大にして、皆さんに、文学作品のなかをゆっくり歩いてほしいと申します。もちろん駆ければ十冊の本が読めるところが、歩けば一冊の本しか読めないかもしれません。しかし歩くことによって、十冊の本では得られないものが、一冊の本から得られるのであります。小説はそのなかで自動車でドライヴをするとき、テーマの展開と筋の展開の軌跡にすぎません。しかし歩いていくときに、これらは言葉の織物であることをはっきり露呈します。つまり、生垣と見えたもの、遠くの山と見えたもの、花の咲いた崖と見えたものは、ただの景色ではなくて、実は全部一つ一つ言葉で織られているものだったのがわかるのであります。昔の人はその織模様を楽しみました。小説家は織物の美しさで人を喜ばすことを、自分の職人的喜びといたしました。

しかし現代では文章を味わう習慣よりも、小説を味わうと人は言います。彼の文章がいいという言葉はほとんど聞かれず、彼の小説はおもしろいと言われます。ところが文章とは小説の唯一の実質であり、言葉はあくまでも小説の唯一の材料なのでありますあなた方は絵を見るときに色彩を見ないでしょうか。ところが言葉は小説における色彩であります。あなた方は音楽を聴くときに音を聴かないでしょうか。ところが言葉は小説における音譜なのであります。さっきからたびたび繰り返したように、文章を味わう習慣は、民衆のあいだでは長いこと耳から味わう習慣となっておりました。それからまた貴族のあいだでは目で味わう習慣になっておりました。目にしろ耳にしろ、日本の古典には味わわれるような文章がたいへんに多い。いわゆる美文と称されるものはその代表的なものであって、内容などはどうでもよく、ただ味わうために作られた、ちょうど見るための美しい日本料理のようなものであります。われわれはなんでも栄養があるものしか取ろうとしない時代に生れていますから、目で見た美しさというものをほとんど考えませんが、文章というものは、味わっておいしく、しかも、栄養があるというものが、いちばんいい文章だということができましょう。文章の味には水からウィスキーまで、さまざまなものがあります。また油揚げからビーフステーキまで、さまざまなものがあります。そのどの味が最上のものだということを私は言おうとするのではありません。しかし文章の味には、味わってわかりやすい味もあれば、十分に舌の訓練がないことには味わうことができない味もあります。これから私はたくさんの例文をあげて、それぞれの文章の味を解説して行こうとするのですが、日本語のいかに堪能な西洋人でも、森鷗外や志賀直哉の文章がわかりにくいのは、それがきわめて微妙な味、水に似た味わいをもっているからにほかなりません。もちろん水に似た味わいは、食通が最後に玩味するものでありますが、濃い葡萄酒やウィスキーに似た味わい、一例が谷崎潤一郎氏の文章の味わいも捨てられないものであります。

われわれはいまや空想的な飾りだけの文章を美しいとは言いません。飾りがなくって、しかしそうかといってお役所の通達のような文章をも美しいとは言いません。しかしそのような文章の味は、一面それを味わう側も進化していると言えるかもしれません。しかしそのような文章の味が、微妙なものを求められれば求められるほど、一般の民衆の文章の好みと、さきほど言ったリズールの味わい好む文章とが、ますます離れてくることはいたしかたないことで、ここに例はあげませんが、私は大衆に愛好されている、むしろ熱狂されている作家たちの文章のなかに、実に下卑た悪文の数々を見出すことができるのであります。それに較べると近松や西鶴を喝采した時代の民衆は、はるかに精妙な舌をもっていたと言わなければなりません。文章の美の平均水準からいうと、近松のような装飾的な文章が、いまや古くなり、無意味になったと言いながら、そういう文章を好んだ時代の方が、少くとも文章を味わう習慣を、その喜びを深く知っていたということは言えるのであります。

いまではわれわれには文章のディテールを喜ぶ習慣がほとんどなくなりました。私のところに古い文章辞典という、大正の中葉に出された字引があります。これは文学青年と文学愛読者のために作られた字引でありますが、ここにはさまざまな人物の描写と風景描写のうまい比喩の例文がたくさん出されて、その上にいちいち注釈がついていて、「なんたる巧みな表現であろうか」とか、編纂者が讃嘆をもらしています。その文章辞典の例文のほとんどが、なかんずく名文と称されているものが、比喩に基いていることは、今日では驚くにたることであります。比喩と形容詞は、文章の王座から転落してしまいました。文章をちょうど盆栽の植物のように、巧みに折り曲げたりたわめたりする技術は、ほとんど地に堕ちてしまいました。それはそれなりにいいことですが、ここにも日本の文学の奇妙な、偏狭な特質があらわれているので、西洋の現代文学では、一例がプルーストのような小説でも、クローデルのような詩人でも、ジロドゥーのような劇作家でも、またスペインのガルシーア・ロルカのような詩人兼劇作家でも、比喩の乱用の上に文学が特色をもっています。それはまた中世の文学伝統が、現代文学のなかに生き生きと生き長らえていることの証拠でもあります。

しかし日本には、一方に漢文の文章の影響からくる極度に圧縮された、極度に簡潔な表現、あるいはまた俳句の伝統からくる尖鋭な情緒の裁断、こういう伝統がやはり現代文学のなかにも生きていて、われわれの美しい文章というもののなかには、いかにも現代的に見えながら、なお漢語的簡潔さや、俳句的な密度をもったものが少くありません。結局、文章を味わうということは、長い言葉の伝統を味わうということになるのであります。そうして文章のあらゆる現代的な未来的な相貌のなかにも、言葉の深い由緒を探すことになるのであります。それによって文章を味わうことは、われわれの歴史を認識することになるのであります。

第三章　小説の文章

二種類のお手本

料理の味を知るには、よい料理をたくさん食べることが、まず必要であると言われております。また、お酒の味を知るには最上の酒を飲むこと。絵に対してよい目利きになるためには、最上の絵を見ること。これは、およそ趣味というものの通則であって、感覚はわかってもわからなくても、最上のものによってまず研ぎ澄まされれば、悪いものに対する判断力を得るようになるものらしい。そこで私は、まず二種類の、非常に対蹠的な文章をお目にかけるつもりである。一つは、森鷗外の『寒山拾得』の一節であり、一つは泉鏡花の『日本橋』の一節であります。

閭は小女を呼んで、汲立《くみたて》の水を鉢に入れて来いと命じた。水が来た。僧はそれを受け取つて、胸に捧げて、ぢつと閭を見詰めた。清浄《しやうじやう》な水でも好ければ、不潔な水でも好い、湯でも茶でも好いのである。不潔な水でなかつたのは、閭がためには勿怪《もつけ》の幸であつた。暫く見詰めてゐるうちに、閭は覚えず精神を僧の捧げてゐる水に集注した。

（森鷗外『寒山拾得』）

「お客に舐めさせるんだとよ。」

「何を。」

「其の飴をよ。」

腕白ものの十《と》ウ九《こゝの》ツ、十一二なのを頭に七八人。春の日永に生欠伸《なまあくび》で鼻の下を伸して居る、四辻の飴屋の前に、押競饅頭《おしくらまんぢう》で集つた。手に手に紅だの、萌黄《もえぎ》だの、紫だの、彩つた螺貝《ばいごま》の独楽。日本橋に手の届く、通一つの裏町ながら、撒水《まきみづ》の跡も夢のやうに白く乾いて、薄い陽炎《かげろふ》の立つ長閑《のどか》さに、彩色した貝は一枚一枚、甘い蜂、香しき蝶に成つて舞ひさうなのに、ブン〳〵と唸るは虻《あぶ》よ、口々に喧《やかま》しい。

此の声に、清らな耳許、果敢《はか》なげな胸のあたりを飛廻られて、日向に悩む花がある。

盛《さかり》の牡丹の妙齢《としごろ》ながら、島田髷《しまだ》の縺れに影が映《さ》す……肩揚《かたあげ》を除《と》つたばかりらしい。姿も大柄に見えるほど、荒い絣《かすり》の、聊《いさゝ》か身幅《みはゞ》も広いのに、黒繻子の襟の掛つた縞御召の一枚着、友染の前垂《まへだれ》、同一《おんなじ》で青い帯。緋鹿子《ひがのこ》の背負上《しよひあげ》した、それしやと見えるが仇気《あどけ》ない娘風俗《むすめふう》、つい近所か、日傘も翳《さ》さず、可愛い素足に台所穿《だいどころばき》を引掛けたのが、紅と浅黄《あさぎ》で羽《はね》を彩る飴の鳥と、打切飴《ぶつきりあめ》の紙袋を両の手に、お馴染《なじみ》の親仁《おやぢ》の店《みせ》。有りはしないが暖簾《のれん》を潜りさうにして出た処を、捌いた褄も淀むまで、むら／＼と其の腕白共に寄つて集《たか》られたものである。

（泉鏡花『日本橋』）

『寒山拾得』の方の引用は、閭という、ある地方長官のところへ、不思議な僧侶が訪ねてきて、この閭が、リョウマチ性の頭痛に悩んでいるのを治してやると坊主がいう。そしてまじないをするために水が欲しいという、その一節であります。鏡花の『日本橋』の方は、物語の発端の冒頭の一節であります。

『寒山拾得』は短篇小説であり、『日本橋』は長篇小説であります。それ以外にもこの二つの文章は、まことに対蹠的な文章で、だれが読んでも、近代日本文学のなかで最も代表的なコントラストをなす文章であるということは、気付かれるでありましょう。なぜこの二つを私がいい文章だというかという問題ですが、鷗外の文章から先にはいりますと、この文章はまったく漢文的教養の上に成り立った、簡潔で清浄な文章でなんの修飾もありません。私がなかんずく感心するのが、「水が来た」という一句であります。この「水が来た」という一句は、全く漢文と同じ手法で「水来ル」というような表現と同じことである。しかし鷗外の文章のほんとうの味はこういうところにあるので、これが一般の時代物作家であると、閻が小女に命じて汲みたての水を鉢に入れてこいと命ずる。その水がくるところで、決して「水が来た」とは書かない。まして文学的素人には、こういう文章は決して書けない。このような現実を残酷なほど冷静に裁断して、よけいなものをぜんぶ剥ぎ取り、しかもいかにも効果的に見せないで、効果を強く出すという文章は、鷗外独特のものであります。鷗外の文章は非常におしゃれな人が、非常に贅沢な着物をいかにも無造作に着こなして、そのおしゃれを人に見せない、しかもよく見るとその無造作な普段着のように着こなされたものが、たいへん上等な結城であったり、久留米絣であったりというような文章でありまして、駈け出しの人にはその味がわかりにくいのであります。この「水が来た」というたった一句には、文章の極意がこもっているので、もし皆さんがそこらの大衆小説をひもといて、こういう個所を読めば多くは次のような文章で書かれています。

「闇は小女を呼んで汲みたての水を、鉢に入れてこいと命じた。しばらくたつうちに小女は、赤い胸高の帯を長い長い廊下の遠くからくっきりと目に見せて、小女らしくパタパタと足音をたてながら、目八分に捧げた鉢に汲みたての水をもって歩いてきた。その水は小女の胸元でチラチラとゆれて、庭の緑をキラキラと反射させていたであろう。僧は小女へ別に関心を向けるでもなく、なにか不吉な兆を思わせる目付きで、じっと見つめていたのであった」

私はこのような悪文のお手本を書いてみました。つまりこんな文章は鷗外の「水が来た」のたった一句とちがって、現実の想像やら、心理やら、作者の勝手な解釈やら、読者への阿《おもね》りやら、性的なくすぐりやら、いろいろなものでごちゃごちゃに塗りたくられています。これが古代の情景に対していつも時代物作家が、現代の感覚を持ち込もうとする過ちであります。彼等は古代の物語のおそろしい簡潔さに耐えられないで、現代の生活感覚でベタベタと塗りたくってしまいます。描写すればするほど古代支那の簡潔な物語の、すっきりした輪郭は崩れ、たとえばその衣裳を描写すればするほど、それはわれわれの感覚からかえって遠くなって、紙芝居のようになってしまいます。ただ鷗外がなんの描写もせずに、「水が来た」と言うときには、そこには古い物語のもつ強さと、一種の明朗さがくっきりと現われます。そういう漢文的な直截な表現を通して、われわれはその物語の語っている世界に、かえってじかに膚を接する思いがするのであります。

もちろん、これは鷗外の素質によるもので、現代小説を書いても鷗外はこのような文章を書きました。彼はあいまいなものに一切満足できなかったのであります。そうして彼の精神は汲みたての水を入れた鉢という物象を目の前にありありと見、手にとって眺めるような力で見るのでなければ、見る値打がないと感じました。彼は言葉をそのためにしか使わなかったし、言葉をよけいな想像で汚すことが、作品のなかに描いた物象の明確さを失わせることにしかならないのを知っていました。鷗外は人に文章の秘伝を聞かれて、一に明晰、二に明晰、三に明晰と答えたと言われております。これは作家の文章に対する一つの決定的な態度であります。スタンダールが『ナポレオン法典』を手本にして文章を書き、稀有な明晰な文体を作ったことはよく知られていますが、実は最も素人に模写し難い文章、舌で味わうにはもっとも微妙な味をもっている文章は、こういう明晰な文章なのであります。何故ならばそれは無味乾燥と紙一重であって、しかも無味乾燥と反対のものだからであります。このような文章について、ハーバート・リードがこう言っています。これはホーソンの文体について言ったものでありますが、私にはこれが「明晰な文章」というものに関する、非常に明晰な定義であると思われる。

「よき文体の秘訣は明晰な思考であると、ときどき言われる。なるほど、論理的な精神は悪しき文章の陥る多くの陥穽をかならず避けるものではあるが、散文芸術のためには他の特質が必要である。たとえば、思考よりも素速い目や、言葉の個性的特質――その響き、大きさ及び歴史――に対する感覚的感受性が必要である。さらにもっと何かが――情況の全体性や完全性の知覚を意味する何かが――存在する。その結果、言葉や文章ばかりでなく、これらをもっと大きな、もっと持続的な統一体へ綜合編成することが可能となるのである」

このハーバート・リードの言う「情況の全体性と完全性の知覚を意味する何か」、これこそ鷗外の文体の秘密であり、スタンダールの文体の秘密であります。こういう知覚をもたないものが、明晰な文体を志すとかならず無味乾燥で、味気ないかさかさの文体に陥ります。明晰な文体、論理的な文体、物事を指し示す何ら修飾のない文体、ちょうど水のように見える文体のなかにひそんでいる詩には、あたかも H_2O という化学方程式そのもののように、無味乾燥の如く見えながら、実は詩の究極の元素があるのであります。それは目に見えるキラキラした詩ではなくて、元素にまで圧縮された詩であり、抽出された詩であって、このような文体がもっているほんとうの魅力は、実は詩であり、ハーバート・リードの言う「全体的知覚」であります。また詩人のよく言うサンス・ユニヴェルセール（宇宙感覚）というものとも通ずるものでありましょう。

さて次に鏡花の『日本橋』の文章に移りますと、私が鷗外の文章のなかで感嘆した要素はここには一つもありません。しかも私が鷗外の文章を改悪して、おそろしい悪文に仕立て上げたあの文章との類似点ならば豊富に認められるのであります。私がいままで鷗外の文章について述べた説は、すべて鏡花の文章をけなすために存在するかのようであります。しかし実はそうではない。これは鷗外の文章とぜんぜん反対の立場にたつ美学にのっとっており、この美学を極端にまで押し進めて、鏡花は先に私が改悪したあの悪文から、はるか離れた高みに達しております。そこには眼も綾な色彩の氾濫があり、自分の感覚で追っていくものに対する誠実な追跡があり、その文章全体は一つのものを確固と指示するかわりに、読者を一種の快い純粋持続にさそい込みます。この文体のなかに捲き込まれた読者は、一つ一つのものを明確に見極めたり、手にとったりするいとまもなく、次々と色彩的文体に飜弄されて、一種の理性の酩酊に落ち込みます。理性の酩酊と私が言うのは、言語芸術である以上、われわれは言葉を通して、言葉を媒介にして感覚に落ち込むほかはないので、いずれは理性の作用に頼っているからでもありますが、鏡花の文体はこのような理性が、理性自体でたどり得る最高の陶酔を与えてくれると言っても過言ではありますまい。鏡花は自分が美しいと思うもの以外には見向きもしませんでした。鏡花にはそこに一つの物体があるということは、何ものでもありませんでした。水を入れた鉢がそこに存在しても、それが古い汚れた鉢であって、鏡花が美しいと思わないものならば、容赦なく無視しました。そうして自分が美しいと思うものにだけ感覚を集中し、思想を集中し、そうすることによって先のハーバート・リードの言葉のように、別の径路をたどって「全体性の知覚」に没入したのであります。

　これは、もし鷗外の文章をアポロン的文章と言うとすれば、ディオニュソス的文章、と言うことができましょう。伝統的に言えば、それは漢文の文章であるというよりも、日本の国文学の文章、江戸時代の戯文、それから俳諧の精神、むしろ芭蕉以前の談林風の俳諧の精神、日本文学の中世以来繰り返された頻繁な観念聯合の文体、あらゆる日本文学の官能的伝統が開花したものであります。その文章はまさしく小説の文章でありますが、彼が追求したのは性格でもなく、事件でもなく、自分の美的感覚の一種の告白でありました。この点に鏡花の文体はすべてかかっているので、それを除いて鏡花の文体というものはあり得ませんでした。しかしこれは一面もっとも悪い文体にもまた似ております。先ほど私が作ったような悪文の悪さは、作家がそこまで自分の感覚を誠実につきつめないで、読者に対する阿《おもね》りやいいかげんなリアリズムやいいかげんな想像力や、世間へほどほどのところで妥協した精神の上に書かれているので、醜悪な文章になるのであります。作家の個性が鏡花のように最高度に発揮されれば、それはそれなりに文章の完全な亀鑑となるのであります。

前章でも述べたことでありますが、マルセル・プルーストの文体が、いかにもフランス文学の古典的伝統から背反しているように見えながら、やはり重要なフランス文学の代表的文体の一つとなって勝利を占めたのと似たような消息がここに見られるかもしれません。しかし鏡花はまた日本では一種の伝統的文体なのであり、鷗外もまたもう一つの別の伝統、漢文の伝統にのっとっているのであります。私がこの二つを冒頭に引用したのは、序説の男文字と女文字の伝統、論理的世界と情念の世界との対立が、同じ近代文学と言われるもののなかに、いかにも尖鋭な形で相対しているところを示したかったからであります。他の作家の文体はいずれもこの二つの極の間に、それぞれ星座のように位しているのであって、その間には様々な折衷主義もあれば、また変種もあります。

もう一つの問題はこの文章が、鷗外の文章は短篇小説の文章であり、鏡花の文章は長篇小説の文章だということにもあります。鷗外は大長篇というものを一生のうち書きませんでした。非常に知的な明晰な人はあまり大作を書けないのではないかと疑われるふしがあります。ポール・ヴァレリーには数巻も続くような大作はありませんし、鷗外にもそうしたものはありません。もし世界が彼の頭脳のなかで、あまりにも明晰に簡素な形に圧縮されているならば、紙数をつくすことは無駄であり、言葉そのものが無駄であります。禅の不立文字《ふりゅうもんじ》ではないが、鷗外のはなはだ節約された文体、支那の古人の言ったような「言葉を吝しむこと、金を吝しむがごとく」にして書かれた文体は、洋々たる持続には適しません。鷗外の作品でもっとも長いものの一つである『澀江抽斎』はこのような簡潔な文体で書かれたぎりぎりの長篇であります。それはあまりにも凝縮され、人生の波瀾があまりにも圧縮されて詰め込まれているので、まるで濃いエキスを飲むように、一般の読者にはにがい飲物であります。しかし『澀江抽斎』のたった一行を水に投ずれば、濃いエキスがたちまち水に広まって、口あたりのよい柔かい飲料になるように、誰の口にも合うおいしい飲物になるでありましょう。しかしそのように薄められた鷗外は、もはや鷗外ではないのであります。ですから鷗外の文章はあくまでも完全な簡素の上にたった短篇小説、および小品のための文体であったのである。これは志賀直哉氏の文体も同様で、氏は真の長篇小説としては『暗夜行路』を書いただけでありますが、それすら苦吟に苦吟を重ねて長い年月を要しました。

これに比べると泉鏡花の文体は、いかにも長篇小説に適した文体であります。それは流れを持続し、あたりに花びらを播くように色彩も華やかに進んでいく行列を思わせます。そこでは作者は読者と同様に自分の文章の流れに身をまかせて、ほろ酔い機嫌で進んでいくように見えるのであります。鏡花の物語は思想的な主題もなく、知的な個性もありませんが、厳然とした物語の世界を長々と展開することができました。この種の文体は谷崎潤一郎氏の文体にも、ある意味では似ているので、谷崎潤一郎氏の文体は鏡花に比べると、はるかに写実的文体に近く、文学的伝統から言っても、平安朝文学の影響を受けて洋々たる感情の流れを叙しながら、同時に広大な写実的世界を再現することに秀でていますが、その端的な例があの大作『細雪』でありましょう。

短篇小説の文章

日本の短篇小説は世界でも特殊なものであります。もちろん、そこにはエドガア・アラン・ポオの知的短篇小説の伝統や、モーパッサンのような写実的短篇小説の伝統も移入摂取されていますが、日本文学の特質として序論に述べたように、散文と韻文とがはっきりしたジャンルにわかれなかったということが、近代短篇小説の形成にあたって、大きな特徴を生むこととなりました。というのはヨーロッパの近代詩人たちが、詩で表現しようと思うことを、日本の現代作家は短篇小説で表現したのでありま す。ですから日本の短篇小説の最高のものは、ヨーロッパでならば散文詩として書かれたものに近いものもあります。ヨーロッパのコントのような物語性が無視されて、その作家の詩人としての眼が見た心象風景が明瞭に展開されただけで終るものもあれば、梶井基次郎の有名な短篇『檸檬《れもん》』のようなただ一個のレモンが読者の眼の前に放り出されたような、鮮かな感覚的印象をもって終るものもあります。

西洋では短篇小説という区分は、長篇小説即ちロマーンあるいはノヴェルに対して、ノヴェレットという形もあれば、ショート・ストーリーという形もあれば、フランスのコントという形もあります。英国系のショート・ストーリーという考え方は、かなり包括的な見方であって、文学の質とは関係なく、かなり文学的な短篇小説から、落ちのきいた通俗的な短篇も一括して含めていくし、フランスのコントもリラダンのような哲学的短篇（『残酷物語《コント・クリユエール》』）やフロベールの『三つの短篇《トロワ・コント》』のような醇乎たる芸術的短篇から、モーパッサンの沢山のコントを含む、大体において首尾一貫した話をもって、単純な筋をもって終末に落ちに類したものがついているような、一つの文学形式として考えられています。ノヴェレットはこれに較べると、短篇より長いもの、長篇的構造をもった短篇というような定義がはまりましょう。

しかし、日本では雑誌ジャーナリズムの影響もあって、短篇小説というものは一種独特な芸術的な質（クォリティー）をもった文学形式と考えられていました。日本人は短いものにたいへん芸術的に高度な性質を与える国民であって、短歌、俳句は言わずもがな、近代文学にいたっても短篇小説という恰好な形式を見出して、それに最も高度の芸術的欲求を働かし、かつ高度な文学的内容の要求を寄せたのであります。その結果、短篇小説が西欧における詩のような地位に近づいたことは当然であります。日本のように韻律を欠いた国において、詩人的才能をもった作家が、現代口語文による近代詩に満足を見出すことができず、小説家となって短篇小説に詩的結晶を実現した例も少くありません。ですから日本の作家、小説家と称せられている中には、醇乎たる詩人も多いのであります。それが外国で紹介される場合は、ただノヴェリストと言って紹介されるよりも、ポエットと言って紹介された方が適当な人も多々あります。川端康成氏、堀辰雄氏、梶井基次郎氏は、この代表ということができましょう。

　川端氏のものでは『反橋』『しぐれ』『住吉』など連作の三篇は、純然たる一個の詩であって、中世風な詩情の中にかすかに物語が織り込まれています。その作品を読むときのわれわれの感じは、小説を読むというよりも詩を読むのに近いのであります。

昨日も秋にはときどきある、朝もひるもずうつと夕暮のやうな空模様のまま夜になるとしぐれが来ましたが、まだ東京近くでは木の葉の散るしぐれやまがふころではないと知りながら、私は落葉の音もまじつてゐるやうに聞えてなりません。しぐれは私を古い日本のかなしみに引きいれるものですから、逆にそれをまぎらはさうと、しぐれの詩人と言はれる宗祇の連歌など拾ひ読みしてをりますうちにも、やはりときどき落葉の音が聞えます。葉の落ちるには早いし、また考へてみますと私の書斎の屋根に葉の落ちる木はないのであります。してみると落葉の音は幻の音でありませうか。私は薄気味悪くなりましてじつと耳をすましてみますと落葉の音は聞えません。ところがぼんやり読んでをりますとまた落葉の音が聞えます。私は寒けがしました。この幻の落葉の音は私の遠い過去からでも聞えて来るやうに思つたからでありました。

（川端康成『しぐれ』）

このさり気ない詠嘆の中に、作者は文章を鷗外のようにも、また鏡花のようにも使わず、極度に明晰に物体を指示するのでもなく、また自分の感覚を、いろいろな修飾語で飾りたてるのでもなく、ただ淡々と情念の流れを述べながら、その底に深い抒情的悲しみや、鬼気をひそませています。川端氏がこのような文体に達したのは『雪国』以後のことでありますが、氏の文章はますます小説的でなくなりながら、ますます作品としては傑作を生み出していくという、不思議な傾向をたどっています。

また梶井基次郎氏の短篇小説『蒼穹』の中で、次のような一節を見て下さい。

三月の半ば頃私はよく山を蔽つた杉林から山火事のやうな煙が起るのを見た。それは日のよくあたる風の吹く、ほどよい湿度と温度が幸ひする日、杉林が一斉に飛ばす花粉の煙であつた。しかし今既に受精を終つた杉林の上には褐色がかつた落つきが出来てゐた。瓦斯体のやうな若芽に煙つてゐた欅や楢の緑にもう初夏らしい落ちつきがあつた。闌けた若葉が各々影を持ち瓦斯体のやうな夢はもうなかつた。ただ渓間にむくむくと茂つてゐる椎の樹が何回目かの発芽で黄な粉をまぶしたやうになつてゐた。

（梶井基次郎『蒼穹』）

梶井氏は志賀直哉氏の影響を受けながら、志賀氏のような現実に対する関心を、むしろ積極的に捨てて、その詩人的側面を強く示し、作品の一つ一つを象徴詩のような高さに高めました。この一節も一見、写実的な描写のようでありながら、彼の鋭い神経の感じた内的風景であり、実に誠実に微妙に観察していながら、その観察を超えて自然の事物が一つ一つ象徴的色彩をおびて、表現されています。この『蒼穹』という短篇はドイツ・ロマンティックの作家ジャン・パウルのような趣きをもった短篇で、私という人物が広い自然の景色の中で、雲のつきない生成のありさまを見ているうちに、その雲の溶け込んでいく青空が、深淵のように思われてきて、青空そのものが闇のように見えてくる不思議な感覚的体験を描写しただけの短篇でありますが、そこにはただの自然描写を超えて、精神の深淵をのぞかせるものがあらわれています。これは作品そのものというよりは、梶井氏の文体の効果であって、氏は日本文学に、感覚的なものと知的なものとを綜合する稀れな詩人的文体を創始したのであります。

彼女の顔はクラシックの美しさを持つてゐた。その薔薇の皮膚はすこし重たさうであつた。さうして笑ふ時はそこにただ笑ひが漂ふやうであつた。彼はいつもこつそりと彼女を「ルウベンスの偽画」と呼んでゐた。

まぶしさうに彼女を見つめた時、彼はそれをじつに新鮮に感じた。いままでに感じたことのないものが感じられて来るやうに思つた。さうして彼は彼女の歯ばかりを見た。腰ばかりを見た。その間に、彼は病気のことは少しも話さうとはしなかつた。

（堀辰雄『ルウベンスの偽画』）

堀辰雄氏の文章はまるでどの文章にも堀辰雄製という印鑑が捺されているように、誰の眼にもすぐわかる特徴をもっています。作家がこれほど特徴のある文体をもつことは、作品の世界を狭くする危険もないではないが、堀氏はそれを堂々と押し通して、長く病床にありながら、自分の芸術的世界を守り通した稀有な作家であります。氏はフランス文学に親しんで、フランス文学のエスプリ・ヌーヴォの作家たちの影響から文学に入りましたが、その文章はまるで日本文学の伝統から離れているように見えながら、氏が後年傾倒した王朝女流日記の文体よりも、むしろ鏡花のような作家の文体に近いのであります。この文章一つでもわかるように、氏は自分の気に入ったものだけを取り上げて、自分で美しいと思ったものだけに筆を集中しながら、自分の気に入った言葉だけでもって、美しい花籠を編みます。『菜穂子』のような長篇を書きはしましたが、やはり本質的な短篇作家であって、その文章は明晰さに仮装された感覚の詩でありました。それはいかにもフランス的な明晰さをもっているように見えますが、鷗外のように「もの自体」がぬっと顔を突き出すような、おそろしい強さをもっていません。

次に私はあやうく逸するところでありましたが、近代日本のもっとも典型的短篇小説作家と言われている、芥川龍之介の文章を引かなければなりません。ところが芥川氏は短篇作家としては、文章そのものよりも一種の短篇小説という形式の完成者であり、西欧的概念のコントを日本に移入し、百パーセントまで成功させた作家であって、氏の文章はむしろそういう形式に導かれて出てきた簡潔さをもち、その簡潔さは内心の要求というよりも、文学のジャンルに潔癖であった彼の性格が、おのずから要求したものというブッキッシュな空気をもっています。ですからその文体には、彼本然のものから出てきたものでない、あるわざとらしさが漂っています。芥川氏にはほとんど個性的な文体というものがなく、鷗外の文体に憧れながら、しかも近代の都会人の繊細な趣味性から逃れることができませんでした。ただそれがいかにも瀟洒な味に富んでいることは、次のような『将軍』という短篇を二、三行読んでもわかるでありましょう。

父と子とは少時《しばらく》の間、気まづい沈黙を続けてゐた。

「時代の違ひだね。」

少将はやつとつけ加へた。

「ええ、まあ、――」

青年はかう言ひかけたなり、ちよいと窓の外のけはひに、耳を傾けるやうな眼つきになつた。

「雨ですね。お父さん。」

「雨？」

少将は足を伸ばした儘、嬉しさうに話頭を転換した。

「又《また》榲桲《マルメロ》が落ちなければ好《い》いが、……」

（芥川龍之介『将軍』）

次に、――短篇小説の模範的なものを東西から一作ずつとりました。読み比べて、短篇小説がいかなるものであるかをよく味わって下さい。

『夏の靴』（川端康成）

馬車の中にはお婆さんが五人居眠りしながら、この冬は蜜柑が豊年だといふ話をしてゐた。馬は海の鷗《かもめ》を追ふかのやうに尻尾を振り振り走つた。

馭者《ぎよしや》の勘三は馬を大変愛してゐる。その上、八人乗りの馬車を持つてゐるのは、この街道で勘三一人だ。また彼はいつも自分の馬車を街道の馬車のうちで一番綺麗にしておく程の神経質だ。坂道へさしかかると彼は馬のために馭者台からひらりと下りてやる。このひらりと下りてひらりと乗る身振りがいかにも軽快であることを、内心得意に思つてゐる。また彼は馭者台に坐つてゐても馬車の揺れ工合で、子供が馬車のうしろにぶら下つたことを感づけるので、ひらりと身軽に飛び下りて子供の頭へこつんと拳骨《げんこつ》を食らはせる。だから街道の子供たちは勘三の馬車に一番目をつけてゐるが、また一番恐れてゐる。

ところが今日は、どうしても子供が捕まらないのだ。つまり、猿のやうに馬車のうしろにぶら下つてゐる現行犯を取り押へることが出来ないのだ。いつもなら、彼はひらりと猫のやうに飛び下りて馬車をやり過し、知らずにぶら下つてゐる子供の頭へこつんと拳骨を食らはせて、得意気に言ふのだ。

「間抜けめ。」

彼はまた馭者台を飛び下りてみた。これで三度目だ。十二三の少女が頰を真赤に上気させてすたすた歩いてゐる。肩で刻むやうに息をしながら眼がきらきら光つてゐる。しかし彼女は桃色の洋服を着てゐる。靴下が足首のあたりまでずり落ちてしまつてゐる。そして靴を履いてゐない。勘三がじつと少女を睨みつける。彼女は横の海に目をそらして、たつたつたつたつと馬車を追つて来る。

「チエッ！」

勘三は舌打ちして馭者台に帰つた。つひぞ見慣れない高貴に美しい少女は海岸の別荘にでも来てゐるのだらうと思つて勘三は少し遠慮してゐたのだが、三度も飛び下りてもつかまらないから腹が立つたのだ。もう一里もこの少女は馬車にぶら下つて来てゐるのだつた。それがいまいましいばかりに勘三は大変愛する馬を鞭打つてさへ走つたのだつた。

馬車が小さい村に入つた。勘三は高らかにラッパを吹いてますます走つた。うしろを振り返ると、少女が胸を張り断髪を肩に振り乱しながら走つてゐる。片一方の靴下を手にぶら下げてゐる。

間もなく少女が馬車に吸ひ附いたらしい。勘三が馭者台のうしろの硝子越しに振り返ると、つと少女の身を縮める気配が感じられた。しかし勘三が四度目に飛び下りた時には、もう少女は馬車から身を離れて歩いてゐる。

「おい。どこへ行くんだ。」

少女はうつむいて黙つてゐる。

「港までぶら下つて来るつもりか。」

矢張り少女は黙つてゐる。

「港か。」

少女はうなづいた。

「おい、足を見な、足を。血が出てるぢやないか。剛気な小女郎《こめろ》だな、え、お前さん。」

さすが勘三は顔をしかめた。

「乗つけて行つてやるよ。中へ乗つかつてくんな。そこへぶら下ると馬が重いからよ。頼むから中へ乗つてくんな。おらあ間抜けにはなりたくねえ。」

さう言つて馬車の扉を開いてやつた。

しばらくして勘三が馭者台から振り向いて見ると、少女は馬車の扉に挟まれた洋服の裾を取らうともせず、さつきの勝気な顔色は消えてしまつて、静かに恥かしがつてうなだれてゐた。

ところが、そこから一里の港へ行つての帰り道に、どこからともなくまた同じ少女が馬車を追つかけて来るのだつた。もう勘三は素直に馬車の扉を開いてやつた。

「をぢさん、中へ乗るのは厭なんだもの。中へ乗りたくはないんだもの。」

「足の血を見な、血を。靴下が赤くなつてるぢやねえか。凄い、小女郎だなあ。」

二里の上りをゆるゆる馬車はもとの村へ近づいた。

「をぢさん、ここで下ろして頂戴。」

勘三がふと道端を見ると、小さい靴が一足枯草の上に白く咲いてゐた。

「冬でも白い靴を履くのか。」

「だつてあたし、夏にここへ来たんだもの。」

少女は靴を履くと、後をも見ず白鷺のやうに小山の上の感化院へ飛んで帰つた。

『トレードの真珠』

（プロスペル・メリメ）

東の空の雲を破る太陽が西に沈む夕陽より美しいと誰が私に言ふであらうか？数ある樹々の中で橄欖と巴旦杏のどちらがすぐれて美しいと誰が私に言ふであらうか？ヴレンス人とアンダルージー人のどちらが強いと、誰が私に言ふであらうか？女の中で誰が一番美しいか、誰が私に告げるであらうか？——私は女の中で誰が一番美しいか、君に告げよう。それはヴルガスのオーロール、トレードの真珠である。

黒人チュザンニは槍を持てと命じた。楯を持てと命じた。槍は、右手に持つた。楯は、首に懸けた。厩に下り立ち、四十頭の雌馬を一匹一匹あらためた。——ベルジャが一番強い。この幅広の尻に載せて、トレードの真珠を連れて来よう。さもなくば、アラーの神にかけて、我が姿はコルドバの町に二度と見せまい。チュザンニは鞭をあげた。馬を打たせて行く。トレードに着く。ザカタンのほとりで一人の老人に遭ふ。

――白髯の老人よ、この手紙をドン・ギュッティエレに、ドン・ギュッティエレ・ド・サルダーニャにとどけて下され。あの人が男なら、アルマミイの泉のほとり、私と果し合ひに来るであらう。トレードの真珠は我等二人の中どちらかのものにならねばならぬのだ。

と、老人は手紙を受け取つた。老人は手紙を受け取り、サルダーニャ伯の所へ持つて行つた。伯はトレードの真珠と二人で将棋をさしてゐた。伯は手紙を読んだ。彼は果し状を読んだ。手で強く卓をたたいた。将棋の駒は悉く卓からころげ落ちた。伯は立ち上つた。槍を持て、駿馬を曳けと声高に呼んだ。真珠も亦立ち上つた。全身わなわな震へてゐる。彼女は男が果し合ひに行くのを察したのだ。

――ギュッティエレ様、ドン・ギュッティエレ・ド・サルダーニャ、御出でになつてはいけませぬ。お願ひで御座います。もつと妾と将棋を遊ばして！

――私はもう将棋はささぬ。アルマミイの泉のほとりで槍の刺し合ひをしようぞ。

オーロールの涙も男を止めることは出来なかつた。果し合ひに出かけて行く騎士を止めうるもののある筈はない。さらばとトレードの真珠はマントを羽織つた。彼女も騾馬にまたがり、アルマミイの泉を指して鞭をあげた。

泉のほとりの芝生はあけに染つてゐる。泉の水も真赤だ。が、芝生を赤く染めてゐるのは、泉の水を赤く染めてゐるのは、基督教徒の血ではない。黒人のチュザンニは仰向けに倒れてゐる。ドン・ギュッティエレの槍が胸に刺さつて折れたのだ。からだ中の血が少しづつ無くなつて行く。雌馬のベルジャは涙を流しながら彼を見守つてゐる。彼女には主人の傷を癒やすことが出来ない。

真珠は騾馬から下りる。

——騎士よ、気を確かに御持ち遊ばせ、生き長らへて美しいモールの女を妻に迎へねばなりません。妾の手は妾の騎士がつけた傷を癒やすことが出来ます。

——おお純白な純白な真珠よ、おお美しい美しい真珠よ、私の胸から、この胸を引き裂く槍の折れを抜いて下さい。はがねの冷たさが私の血を凍らせるのです。

彼女は疑ひも起さず近づいた。その時、男は、力を奮ひ起した。刀の尖で、この美しい美しい顔に切傷をつけた。


（杉捷夫訳）

長篇小説の文章

日本ではヨーロッパ的なロマーンはなかなか生れませんでした。これは序論で言ったように、日本文学の男文字と女文字の区別からもきていることは、ロマーンこそは男性の論理的世界と女性の情念の世界との一大綜合であり、男性的理念と女性的情念との完全なジュンテーゼでなければならないからです。この章の冒頭で引用したように、日本の作家はいずれかに偏して小説を書いてきたのでありますから、真のロマーンを形成することのできる作家は、なかなかあらわれないのであります。ほんとうのところを言えば、西洋的な意味でのロマーンはまだまだ日本にはあらわれていないと言ってもよいでありましょう。

しかし文学というものは何もジャンルに拘泥する必要はないので、ロマーンという考えを別にすれば、『源氏物語』は立派な長篇小説であり、ただ長さという点からは、新聞小説をはじめ現在も大長篇は次々と書かれています。週刊誌に一年も連載していれば、おそるべき量の小説がほとんどオートマティックに書き上げられてしまいます。

長篇の文章が粗雑であっていいというのではありませんが、それにはおのずから呼《い》吸《き》の長さと、感情と思想とが、延々と読者の胸のうちに流れ込むだけの持続力がなければなりません。あまりにも鋭敏な感覚で、しかもあまりにも詩的に洗練され、あまりにも集中的効果が続けざまにあらわれ、あまりにも美しい自然描写が凝らされ、あまりにも細部にこだわりすぎた文体は、長篇小説には適さないし、気質的にそういう文体をもった作家が、長篇小説を書くということは、難行苦行に類することであります。長篇小説の文章の引用をここでお見せするのは容易なことではありません。なぜならば、そういう文章の特質は数行の引用で現われるものではなく、百ページ、二百ページと読むうちに、おのずから納得できるものだからであります。私は引用をやめて、皆さんがいま現実にあたってみられることを望みます。

西洋の作家でもっとも長篇小説的文体をもっていたのは、私にはバルザックとゲーテとドストエフスキーであると思われます。彼等は天来の長篇作家であって、これに比べると同じ長いものを書いているけれどプルーストのような作家は、あまりにもその文体が彼自身の気質に密着し、彼は長篇小説の作家というよりも、彼自身の個性と運命とをいかに文学に注ぎ込むかに全力を傾注した一人の特異な作家であり、長篇とか短篇とかいう分類を超越しております。またスタンダールのような特異な作家もありますが、彼の簡潔そのものの文体と、ダイナミックな力とは、みごとな長篇の世界を展開してきましたが、私が典型的な長篇の文章と呼ぶものは、そうしたまるで天使のように恵まれた、偶然による才能の開花というよりも、むしろその作家の資質の中に現われた文体が、おのずから長篇小説に適しているという作家のことを言うのであります。その点で上述の三人の作家、ゲーテ、バルザック、ドストエフスキーは、長篇小説を書くために生まれ出たような作家でありました。ゲーテの文体は、一例が『親和力』という小説を読めばわかるように、一見退屈な流れをもちながら、大波のようにうねって、ゆっくりと思想を展開していきます。われわれははじめ退屈しながらその小説に入っていきますが、次第に眼界が開けると遠い森や村落や、陽のあたった湖や牧場が眼の前にあらわれて、広大な作品的世界が彼の悠々たる筆によって実現されてきます。彼は決して短篇作家の文章のように、道端の小さい野の花や、昆虫の姿態などに目をとめることもなく、悠々と山道を登って行って、大きい展望の見晴らせるところまで読者を連れて行くのであります。

長篇小説の理想的文体というのは、筋に拘泥しない文体であります。ものにとらわれない文体であります。鷹揚な文体であります。日本の作家でこのような文体をもった人はきわめて少いので、やむなく外国作家の例をとるほかありません。バルザックの小説は構成そのものが長篇的で、彼の書いた短篇小説でさえも、ドラマティックな長篇的構成をもっていますが、一例が『ランジェ公爵夫人』のような作品では、悠々たる修道院の描写からはじまり、それが一転してサンジェルマン街の貴族社会の描写に移り、いつまでたっても物語の核心に運ばれません。しかしいったん彼の文体の波に乗せられると、ベートーヴェンの音楽のように、大きな鬱勃たるエネルギーがわれわれを運んでいることを感じさせられます。そうして私は筋に拘泥しない精神と言いましたが、バルザックほど筋に拘泥しない作家はないので、ほとんど目前の構成や細部を無視しながら、大ざっぱに書いたプランを次々と破壊しながら、人生そのもののように小説が進んで行くのであります。ドストエフスキーの『カラマーゾフの兄弟』をお読みになった方は、彼のいかにもロシア人らしいエネルギッシュな、ある意味では鈍重な神経の太い文体が、あの一見神経質な主題を支えるのにどんなに力になっているかを理解されるでありましょう。日本人のいちばん持つことのむずかしいのは、こうした肉体的エネルギーの持続と、ある鷹揚な鈍感さなのであります。

叙事詩において詩人の技巧として通常たたえられることを、われわれは日常生活においてもしばしば経験する。即ち、主要人物が遠ざかったり、隠れたり、無為に陥ったりすると、すぐさま、第二、第三の、今までほとんど顧られなかった人物がその席を埋め、全面的に活躍して、主要人物同様、われわれの注意や、同情ばかりか、賞讃にさえ値いするようになるものである。

そういうわけで、大尉とエドゥアルトとが去ると、すぐ、例の建築師が日ごとに重要な人物となった。種々の事業の整理と実行とは、もっぱら彼に依存した。彼は仕事にあたって精確で思慮があり活動的であることを示し、同時に婦人たちをいろいろな形で助け、ひまで退屈な時には、婦人たちの話し相手になることも心得ていた。彼の外見がすでに、信頼をつぎこみ、愛情を目ざます性質のものであった。全く文字どおり青年で、体格がよく、すらりとしていて、少し大き過ぎるくらいで、つつましいけれど、おどおどしてはおらず、親しみはあるけれど、差し出がましくはなかった。彼はどんな心配も骨折りも喜んで引き受けた。大そうやすやすと計算ができるので、間もなく家政のこと全体が彼には秘密でなくなった。彼の好ましい影響が到る所にひろがった。外客には大抵彼が応接したが、前ぶれのない訪問をことわったり、少なくともそういう訪問によって婦人たちに不都合なことが起こらないように、手配しておいたりすることを心得ていた。

とりわけ、ある日、若い法律家が大いに彼を手こずらせた。その男は近所の貴族から寄こされて来て、ある事件を持ち出した。それは特に重要なことではなかったが、シャルロッテは深く心を動かされた。このできごとは、こんなことでもなければおそらくいつまでも問題にならなかったに違いない色々なことに、一つの衝撃を与えたのであるから、述べておかなければならない。

シャルロッテが墓場に対して企てた模様変えを思い出そう。記念碑は全部もとの場所から移されて、石がきや教会の土台石のそばにすえられた。あとの場所は地ならしされた。教会へ通じ、さらにそこを通り過ぎて向こうがわの小さい門へ通じる広い道を除いて、他は全部、いろいろな種類のクローバーがまかれ、それが大そうみごとに青々と茂り、花を咲かせていた。新しい墓は一定の順序に従って、はじのほうから作られるはずであったが、そこは必ず平らにして同様に種をまくことになっていた。こういうふうにすると、日曜や祭日の墓参りの折り、朗らかな上品なながめの得られることはだれも否定できなかった。年をとった、古い習慣に執着する牧師でさえ、初めはこの設計に格別満足していなかったが、今では、古い菩提樹の下で、バゥチスを連れたフィレモンのように、裏の戸ぐちの前で休みながら、でこぼこな墓地が美しい色とりどりの絨毯になっているのを見て、喜んでいた。なおその上、シャルロッテがこの土地の利用を牧師館に保証したので、その家計にも役立つはずであった。

しかし、それにもかかわらず、教区の人たちの中には前から、祖先の憩っている場所のしるしが取り除かれ、そのため記念がいわば消えてしまったのを非難するものが、少なくなかった。なるほどよく保存された記念碑は、だれが葬られているかは示したけれど、どこに葬られているかは示さなかったからである。しかも、多くの人の主張によると、実際はどこにということが大切なのである。

隣りのある一家は、自分たちと一族のために幾年も前、この共同墓地の一部を契約し、その代り、教会にささやかな寄附をしていたので、同じ意向だった。そこで若い法律家を寄こして、寄附を取消し、今後は払わないことを通告したのだった。その理由は、これまで寄附をおこなって来た条件が一方的に破棄され、一切の抗議や反対が無視されたから、というのだった。この模様変えの発頭人であるシャルロッテは自分で若い法律家に会うことにした。彼は、あまりに激越ではないが、活潑に自分の根拠と依頼人の根拠とを説明し、一座の人々にいろいろと考えさせた。

（ゲーテ『親和力』第二部第一章　高橋健二訳）

第四章　戯曲の文章

私は戯曲の文章を論ずるに先だって、小説中の会話の文章と、戯曲の文章とが、いかにちがうか申し上げなければなりません。小説のなかでは会話の沢山あるものもあります。たとえば谷崎氏の『細雪』は、アメリカで翻訳されて会話小説《カンヴァセイション・ノヴェル》というふうに言われました。戯曲と小説との中間形態はいろいろあって、たとえばゲーテの『ファウスト』は戯曲と言うには、あまりにも奔放な会話の羅列であり、第二部のごときは上演も不可能なものでありますし、また会話体で書かれた戯曲でないものも沢山あるので、ゴビノオ伯爵の『ルネッサンス』のごときは、その一例であり、またフランスの十八世紀の小説にも会話体の小説があり、戯曲と小説との間には多くの中間形態があります。

われわれは会話の出てこない小説はよく退屈だと申します。地の文ばかり続いていると、いかにも固い、窮屈な感じがして、一般読者は会話を要求します。それならば会話が好きかというと、会話ばかり続いた戯曲を、一般読者はほとんど読みづらいと言って敬遠します。この矛盾はなんでありましょうか。私はあるアメリカの作家から、これに関するある評論家の言葉というものを聞いたことを覚えています。その評論家の名は忘れてしまいましたが、それは小説の会話に関するこういう説でありました。

「小説の会話というものは、大きな波が崩れるときに白いしぶきが泡立つ、そのしぶきのようなものでなければならない。地の文はつまり波であって、沖からゆるやかにうねってきて、その波が岸で崩れるときに、もうもちこたえられなくなるまで高くもち上げられ、それからさっと崩れるときのように会話が入れられるべきだ」

私はこの比喩をたいへん美しい比喩だと思っています。小説の中での会話はそうあるべきであって、そういう風に挿入された会話は美しい。

しかし小説作法は絶対的ではないので、それぞれの国の伝統があって、ドイツの小説は長々とした議論を会話に乱用する傾きがあり、また過去の物語もドイツの小説では、多く会話の物語ですまされています。これはドイツの小説に特殊な味わいを与えているものですが、ロシアの小説でもドストエフスキーの『カラマーゾフの兄弟』のように、むずかしい神学的議論にまで及ぶ長い長い会話がつづけられて、それが小説の主要なテーマを劇的に盛り上げております。事実、ドストエフスキーの小説中の会話は、会話としては特殊なものであって、それ自身が独立した劇的な効果をもっており、以前、パリで『カラマーゾフの兄弟』の中の会話の部分だけ抜萃して、一切手を加えずに上演したことがあります。これは相当な成功をみたようですが、それだけでもドストエフスキーの会話が、弁証法的構成をもち、一般の小説の会話とちがって劇的な緊張と対立の上に成り立った、奇聳《きしょう》な、小説におけるドラマ的効果を形造った会話であるということが言えるのであります。その意味では『カラマーゾフの兄弟』は小説的であると同時に、非常に劇的な作品であります。日本の読者には後半の法廷シーンにおける、長い裁判の弁論のごときは小説のなかでの会話的部分として、もっとも耳慣れないものでありましょう。

日本の小説にはこのような会話の伝統はありません。多くは写実的会話で、小説の中における会話は小説の重要な筋に肉迫するような、劇的会話は避けられて、ちょうど地の文の辛《から》さに、会話という甘味を一滴二滴落すような具合に挿入されて来ました。新聞小説の会話のごときはその代表的なものでありまして、新聞小説の読者は長い地の文や叙述の描写に耐えられないので、「あら、ほんと」とか「まあ、そんなことおっしゃっちゃいやだわ」という無意味な会話を挿入することによって、読者の日常平凡な現実感覚を刺戟しなければならないのであります。なぜならば地の文の描写は、いちおう知的な理解を経なければ、現実感覚としてせまってこないが、そこらで普段聞かれる日常会話は、小説の世界を、急に手元に引き寄せるように感じさせるからであります。ですから日本の小説に関するかぎり、会話は文学の重要な部分を受持っているとは言えません。会話の巧者な作家ということが言われますが、たとえば里見弴氏の短篇小説の『椿』のように、ほとんど会話で構成されている小説、また久保田万太郎氏の会話の多い小説は、その会話の効果はまったく写実的な効果であって、その会話の写実的巧妙さによって、小説の写実的な密度を高めていくために使われているのであります。

突然、そのお客から声がかゝりました。

――へえ……

あわてゝ、わたくしは、お客のはうに身を向けました。……勿論、お銚子も、おでんも、そのときはもうお客のまへにすでにでゝゐたので……

——この短尺の句の作者。……この花杖といふ人はどういふ人です？

と、お客は、猪口《ちょく》を口に運びながらわたくしにいひました。

——あゝ、それは……

と、わたくしは、おもはずまた狼狽《あわ》てました。

——何がうそで、何がほんとの、寒さかな。……なか〳〵からはいへないもんだ……

——つまらないものがお目にとまつて……

——いゝえ、つまらなかァない、いゝ句ですよ、うまい句ですよ。……お客さんでも書いたんですか、こゝへ来る？……

——いゝえ、さうぢやァないんで。……友だちが書いたんで……

——お友だちが……？

いくらなんでも自分が書いたとはいへません……

——へえ。

——この人の作つたので、どんな句があります、外に？……

――〝屋根裏の杉皮みゆる寒さかな〟といふ句を、わたくしがこゝの店をはじめたとき書いてくれましたが……

――うん、それもいゝ、たしかな句だ。……この辺の人ですか？……

――橋場のある寺の坊さんで……

――この辺には、さういふ人、外にも大勢？……

――橋場、今戸、それに玉姫町。……その界隈だけでも五六人をります。

――と、何か、その人たちで、会のやうなものでも？……

――〝ましば吟社〟といふのができてをります。

――〝ましば吟社〟？……

――〝ほんに、田舎も、ましば焚く、橋場今戸の朝烟《あさけむり》〟で……

――なるほど、〝梅の春〟か……

お客はニッコリわらつて

――と、そこから来てるつてわけですか、お店の〝ましば〟といふのも……

――さうなんで。……吟社の借りものなんで……

――と、主人もお仲間か？

――いゝえ、わたくしはもう、ほんの。……とき〲、さそはれて運座の頭かずをふやしに行くだけで……

――さうでもないらしいナ、その口ぶりぢやァ……

お客は、一銚子で、はやくもトロリと、途端に口が軽くなつたので……

（久保田万太郎『うしろかげ』）

そういう意味では現代作家で舟橋聖一氏の会話が、伝統的な写実的会話の巧妙さを見せています。氏の会話は色彩に富み、女の目元やちょっとした微笑やコケットリーを如実に表現しています。われわれはだんだんそういう芸を小説のなかで重要視しなくなった傾きがありますが、しかし舟橋氏の小説における会話が、氏の小説の大きい魅力であることは否定できません。

脇子は又しばらく無言だった。それから、しんみりと、

「わかったわ。では先生の仰有る通りにしましょう。いいわよ。ほんとうに、未練はない？」

「未練はあるさ……凄く。それを断ち切るのさ」

「どうも、狡るいなア」

そう云って脇子は、彼のそばへ行った。唇をむけると、魚島は待ちかねていた御馳走を貪るように、首を抱いて吸ってしまった。

「ダメじゃないの」

「………」

魚島は息遣いを粗くさせ、見る見る顔を赤くした。

「そりゃ奥さんが積極的になれば、僕なんざ子供みたいなものだ」

「あたしも、まさかこんなに先生が好きになるとは思わなかったの。朝から晩まで、思い詰めているンだわ。今までのあたしは、男のするまゝになっていればいいとだけ思っていたの。女って、そんなもので、男の慾望のほうが十倍も強いンだろうって、多寡くゝっていたンだわ」

「僕は負けた」

「これが自然なのよ。先生って臆病だけど、素直なのね。でもあたしにとって、先生はオブジェ。あたしに錦田がいることも、先生に奥さんや遊美子さんがいることも、邪魔にならないと思うのよ」

パラパラと、しぐれてきた。その雨の音が、それだけの音でも、二人を密着させる糸口をつくり出す。

（舟橋聖一『花実』）

さて小説の会話の文章が戯曲の文章といかにちがうかを申し上げなければなりません。小説の会話の名人が戯曲の名人であるとはかぎらないのであります。小説の会話と戯曲の会話は同じ「はい」あるいは「いいえ」「あら、そんなこと」「よせ、馬鹿にするな」「なんといういいお天気でしょう」のごとき片言隻句であっても、まったく意味がちがっております。なぜならば小説にはそういう会話を準備するために、そういう会話の必然的に出てくる心理や情景描写がすでになされており、さもなければ会話が途絶えたあとで、心理や情景の解説がこれにつづきます。ですから読者はなんら会話そのものに掣肘されずに、安心して読んでいける。おのずから腑に落ちるようにできています。また小説で「いいえ」ないし「はい」の言葉がかなり重要な物語的効果を生ずる場合にも、それには十分な説明がされたあとに「はい」ないし「いいえ」がくるので、「はい」ないし「いいえ」はほとんど読まれなくてもかまわないと言っても過言ではありません。

しかし戯曲では会話が出てくることに対して一切の説明がないので、読者はいちいち想像で補って読まなければなりません。現在でも戯曲の単行本は最も売れない種類の本の一つであります。しかしいったん戯曲を読むことに親しんだら、その面白さは小説以上でありますので、私は戯曲の文章についてくわしく説明して、読者諸氏に戯曲の文章を読むことに親しみをもっていただきたいと思うのであります。

たとえば、ここにある田舎があって、そこの小さい山のなかの農家に、三人家族が住んでいた。母親はなくなっており、父親と二人の娘がいるが、その娘は腹ちがいの姉妹である。

こういうシチュエーションがあると仮定します。小説ならば、たとえば森鷗外流の小説なら、最初からてきぱきと説明してしまえばすむことであります。一例が、

「その家は何々県、何々村にある。汽車の駅からは歩くのに二里を要する。だらだら坂を登って行くと、あたりに人家のない森の木立の中に古い農家が見えてくる。そのたたずまいはただならぬ寂寥感を起させる。近所で椿屋敷と呼んでいるこの家は、家のまわりを椿でめぐらしているのが、唯一の彩りであって、暗い家内は深閑として笑

い声一つたたない。彩りといえば娘が二人住んでいる。しかしそれは彩りではないのである。どちらも地味な恰好をして、若いのに陰気な顔付きで口数も少く、始終にらみあっている。そこの家では母親がすでになく、父親一人で、彼女たち姉妹二人は、お互いに腹ちがいの姉妹なのである」

これだけの説明で小説のシチュエーションは設定される。そこから物語がはじまります。それをもし戯曲で書いてみるとしましょう。すなわち戯曲はすべてこれを会話で説明して、読者に納得させなければなりません。もちろん舞台装置という補いはありますが、しかし舞台装置は駅からそのうちまでの距離を説明することはできません。登場人物の服装というものはあります。しかし服装は金持か貧乏か示すことはできても、複雑な人間関係を示すことはできません。そこで戯曲の会話は、はじめから、

「姉娘　もう何時になったかしら。
妹娘　あたし知らない。
姉娘　お前はなにを聞いても知っているということはないのね。
妹娘　姉さんだってそうじゃないの。
（しばらく沈黙）」

というように、まずまだるっこしい手法で、姉妹の仲の悪いことを暗示します。それからやがて父親のことを二人がボソボソと話し合って、その母親の思い出話をすることによって、二人が腹ちがいの姉妹だということを暗示します。またさらに父親が県庁まで行って帰ってくるのに、駅から歩いて何分かかるから、何時の汽車で着いてあと一時間もすると着くだろうというようなことを言います。ということは、会話によって駅から家までの距離が説明されるのであります。またそこへくるのにバスがなくて、歩いてくるほかないことも説明されます。その家庭の経済状態や村の中における特殊な立場も、すべてそういう会話によって説明されていかなければなりません。ですから私は芝居の幕開きに遅れてくるお客さんを、もっとも芝居を知らないお客さんだと思うのです。幕開きの十分ないし二十分の会話は、シチュエーションの説明として最も重要なものなのであります。そうしてそれがさり気ない会話であればあるほど、おのずからその中にシチュエーションが織り込まれているので、ほんとうは観客が一刻も耳を休ませないで、耳をすましていなければならないものこそ、幕開きの場面なのであります。

さらに戯曲の会話というものは過去の状況を説明すると同時に、現在の行為が進行していかなければなりません。さり気ない会話には、現在と過去の二重の意味が含まれております。ただ過去の説明だけに終っている台詞《せりふ》は、劇を中断させますから、過去を説明しながら劇を進行させ、ストーリーを進行させなければなりません。それをまったく説明的に聞えずに処理するのが、劇作家の手腕であります。

ですから一例が「おい、平社員たる君が社長の俺に向ってなにを言うのだ」という会話が、よく未熟な戯曲に見出されますが、そういう風にして説明された会話は、いい戯曲の文章とは言えません。なぜならば、われわれは普通、相手が社長であり、こっちが平社員であるということは、実生活の中で知っているので、なにも改めて社長である私に対してとか、平社員である君に対してとかことごとしく言うのは、それこそいわゆるお芝居じみた台詞になって、実生活から離れてしまいます。そのためにはやはり何かの機会に片方の男に「社長」と呼ばせて、社長であるということを説明するような、さり気なく観客の耳にわからせる手法を用いなければなりません。これだけ劇作家の技巧がわかってくることは、戯曲を読むことの楽しみになるのでありますが、もう一つ問題は戯曲の文体ということであります。

この「文章読本」の中に扱うような文章、ないしは文体というものが戯曲にはあるでしょうか。素人考えではそれはないように思われます。普通の会話の連続であるかのような戯曲には、いったい文章があるものか。しかしそれは厳然としてなければならないのであります。もっと古い時代の浄瑠璃の文章は、会話も地の文も同じように、七・五調で綴られていたので、文章というものが非常に重んじられていました。また黙阿弥の時代でも一例が直侍の蕎麦屋の場で、直次郎が七・五調を基本において次のような台詞を言います。

直次　今朝の南が吹替り、西ならひで雪になつたが、近年にねえ今年の寒さで、思ひの外積つたせゐか、まだ今夜も五つ前だが九つ過ぎに歩くやうだ、さつぱり往来の人に逢はず、おれが為めにやあ有難え。（ト舞台へ来り行燈を見て、）爰等《こゝら》に知つた者もねえから、蕎麦を一杯《べい》喰つていかうか。（ト門口から内を覗き、）おゝ、好《い》い塩梅に誰も居ねえ。（ト頬冠りを解いて、後で結《ゆは》へ内へはひる。）

（河竹黙阿弥『河内山と直侍』）

しかしこのような古い文体でなくても、口語文で綴られた現代戯曲にも、戯曲の文体というのはあるのであり、またあるべきなのであります。この文体をもっていると いう点が戯曲というものを小説のなかの会話から劃然と区別し、かつ戯曲というジャンルを小説から劃然と独立させているものであります。もちろん戯曲の中には少しも文体をもたない、ただ日常会話の羅列のような芝居もあります。そういうものを離れて、岸田国士氏や久保田万太郎氏は日本の戯曲に文体を確立し、最近の作家でも故森本薫氏、故加藤道夫氏、福田恆存氏、田中千禾夫氏、木下順二氏は各々独自の文体を創始しています。

かりに戯曲の文体というものを小説の文体と同様に考えて、小説の文体を戯曲の登場人物の各人に分割してみるとしましょう。次は『親和力』の一節を無理矢理に三人の会話に分割したものであります。

「A太郎　かうした態度は花婿にとつてさだめし不愉快だつたと、誰しも考へるかも知れぬ。

B太郎　それは反対であつて、彼はかうした努力を大きな手柄と考へてゐた。

C太郎　そのうへ少しでも危く見えることはきつぱり拒絶できる、彼女の極端と言つてよいほどの性癖を知つてゐるだけに、いつそうそれを気にかけなかつたのですよ。」

これは『親和力』の任意の一章をたまたま三人の会話に分割してみたものであります。するとここには文章としての連続性はありますが、これを戯曲の文体ということはできません。なぜなら戯曲の会話は、それぞれの性格を表現しており、会話の一行一行は小説の文章のように連続をなす流れではなくて、それぞれの性格の現れが、ちょうど海のなかを泳いでいる海豚が、活潑に海面に背中を見せて跳び上るように、その性格の背中をちらりちらりと見せて、あたかも水面を縫うように走ってゆく、その現れた一瞬一瞬が戯曲の一人一人の台詞なのでありますから、右のように一貫した流れを分断したものが、戯曲の文体とはならないのであります。しかも戯曲は老若男女、あらゆる階級、職業の人が同一舞台上に登場するので、これらを平均化した文章というものがあるわけのものでもありません。もしそれを強いて平均化して小説のように一貫した文体で通そうと思えば、戯曲は如何にもつまらないものになり、下手な翻訳戯曲のようにレーゼ・ドラマとしてしか役立たないでありましょう。戯曲の文体とは、それぞれのキャラクターを持ちながら、しかもその底に、作者の一貫したリズムが脈うっているものをいうのであります。ではいまの一節を、文体をもたない戯曲にやりなおしてみましょう。

「A太郎　かういふ態度は花婿にとつては、さだめし不愉快であつたと、誰しもが考へるところだらうな。

B太郎　いや、それは反対だよ。彼はさういふ努力を大手柄をしたやうに考へてゐたんだよ。

C太郎　さうだ。そのうへあの男は彼女の極端といつていいぐらゐの性質、つまりちよつとでも危なげがあることは、いつでもきつぱり拒絶できるあの性質を、とことんまで知つてゐたから、いつそう気にかけなかつたと言へるだらうな。」

こうすると、これは花婿に関する三人の男の陰口ないし人物論のやりとりを彷彿とさせるようになります。しかしここにはまだ戯曲の文体といえるものはありません。なぜならば、それには性格も現れていなければ、ただの日常の言葉の羅列以外に、なんら文学を成立させるものでないからであります。しかし戯曲の文学性というものは、それが舞台芸術であるという特性を伴って、さまざまな夾雑物を含まざるを得ず、どんな洗練された戯曲でも、ある一部分には、

「女中　お茶をおいれしますか。

夫人　ええ……いえ、もうちよつとあとにしてちやうだい。」

と言ったような、まことにくだらなく見える日常平板な会話がはいってくるのを避け得られません。よほど幻想的な芝居でないかぎり、こういう会話は戯曲の必要悪ともいうべき部分であります。戯曲の文体とは、つまりこのような日常茶飯のやりとりの要請をひっくるめて、あらゆる夾雑物をうちに含んで、なおかつ作者の内的なリズムが、登場人物から登場人物へと稲妻のように走って行く文章のことをいうのであります。それは一、二の引用文では説明しにくいものでありますが、一篇の戯曲を読んで見れば、それが如何にくだらない平凡な非文学的会話の連鎖であるか、あるいは日常平凡なる言葉を使っているように見えながら、そこに作者の血液が脈うち、同時に文章のリズムがそこはかとなく起伏しているかを、発見することができるでしょう。そこに戯曲の文体というものは、戯曲というものの厳密無比の構成力の要求と、深く対応してくるのであります。一例が、前のような、

「女中　お茶を持つてまゐりませうか。
夫人　ええ……いえ、もうちよつとあとにしてちやうだい。」

というような会話も、深い心理的意味をもたせられて、その作者の独特の文体を構

成するのであります。戯曲の文体とは要するに小説の文体よりもとらえがたいものであると同時に、一方ではいっそう強くきらめきながら底流するものであり、また小説よりいっそう強く主題及び構成力と、不断の連絡をとりつつ最も緊密な関係において成立するものと言えるでありましょう。もちろん詩人の書いた美しい文体の戯曲もありますが、私の考えでは劇文学としての戯曲は、見事な構成のないところには、見事な文体はないと考えるものであります。岸田国士氏『チロルの秋』の次のような台詞を読んで下さい。

ステラ（アマノの頸に腕を投げかけ）いいから、もつと、こつちへお寄んなさい。
いつだつたかしら……
あの、ライン河の流れを見おろす、
ヴィラ……なんでしたつけね……。
いいの……
あたしが、始めて、あのヴィラに泊つた晩ね……
船遊びをした日よ……遅くまで……。

あの晩……
あなたは、あんなに酔つてさ……
どうして、あんなに酔つたの？
あら、あたしが酔はせたの……。（いきなり、アマノを抱き寄せて、唇をあてる）
駄目よ、そんなに黙つてちや。（間）
あたしの寝室は、あなたの隣りだつたわね……。
あたしが、窓を開けると、あなたも窓をおあけになつたわね。
それから、どうでしたつけ……？

（岸田国士『チロルの秋』）

これは岸田氏以前には誰も書かなかった台詞であり、その微妙な心理の起伏は、同時に深い戯曲的、舞台的要請にしばられていて、それは以前の小説家の手すさび的戯曲とは截然と違うものを感じさせます。そうして岸田氏の選ぶ題材、戯曲作法、その舞台上の雰囲気、登場人物の特異な性格、衣裳、すべてにみなぎる新しさ、そういうものがうって一丸となって、読者は岸田氏の戯曲における文体の革命を感じとったのであります。日本で最初の心理的な戯曲の文体がかくて確立され、いわゆる「劇作派」と言われる戯曲作家たちが、皆その影響を受けたことは周知のところであります。
次に福田恆存氏の『キティ颱風』は、戦後の新劇の記念碑的な作品でありますが、氏の戯曲の文体は、一見、岸田国士氏の影響を受けたがごとく見えながら、心理劇を超克して日常の生活感覚のうえに現れる、人間の思想の滓みたいなものを丹念に採集して、この現代日本の思想の滓の浅薄さの証明から、日本人の生活全般の精神的拠りどころのなさを逆に表現しようとした非常に批評的な皮肉な作品であります。ですからその台詞の文体も次のようなものであります。

三郎　しかし、あなたはたかをくつてなにもおやりにならない……。が、ぼくは……。
梧郎　たかをくゝつたうへで、革命をやらうといふ……。
三郎　そのほか、なんでもやりますよ……。たとへばフランス人形……。
梧郎　へえ、革命家のあなたに、あのプチブル趣味以外のなにものでもないフランス人形をつくる道楽がおありとは……。
三郎　プチブル趣味ですつて……、ばかばかしい。そんなことばくらゐ意味のないものはありませんよ。

礼子　すばらしいわ、革命とフランス人形。

三郎　はゝゝゝ、里見さんは才能や道楽を軽蔑されるんですね、よくない傾向ですな。理想だの夢だのといふものこそなんの役にもたちはしない、まつたく不生産的なものだ。が、道楽は魚一匹つつたつて、ものを生みだしますよ……。なにもしないよりは、綱わたりでも漫才でもできたはうがいゝんだ。

勝郎　(このせりふの途中、左手から現れる) どうだい、こゝのふんゐきは……。すこしはのみこめたらしいね。いつきいてみても相変らずの、この調子なんだ。

三郎　いや、なかなかおもしろい。

亮一　みんな科学を忘れてるからだめだ、科学を……。

俊雄　(三郎に) あなたは嵐のなかをわたしたちの診察にいらしたといふわけですね……。

三郎　え……、いや、べつに。

俊雄　わたしにも、あなたがたはおもしろいです。あなたがぼくたちを見てゐるばかりでなく、ぼくもまたあなたがたを見させていたゞいてゐる……、主役はおたがひつこです。
三郎　ごもつともです。
勝郎　どつちがどつちを見てゐるか、主役があんたかぼくか知らないけれど、とにかく、あなたがたは……。
梧郎　またはじまつた、そんなにぼくたちを亡びさせたいですか……。
勝郎　いまに大きな嵐が吹きまくりますよ、キティ颱風なんか較べものにならないでかいやつが……。そのときになつてあわてても遅いんだ。あんたがたは、いま日本を動かしてゐるものがだれだか知らないでせう……、総理大臣でもなければ代議士でもないんだ……。
梧郎　吉岡さんでせう。
勝郎　それが皮肉にも冗談にもならないといふことが、そもそも皮肉なんだがな……。だが、安心なさい、いまにぼくを知つてたことに感謝する日がくるから……。
梧郎　中井さん、ノアはどうやら三橋さんらしいぜ。

（福田恆存『キティ颱風』）

これを要するに、戯曲の文章とは、ときには眼も綾な倒置法の乱用や、あるいは日本語の会話を極度に折りまげた、日本語の会話の表現力の最高度の発揮や、いずれにしろ散文のようなしっかりした形を離れて、融通無碍な、そうしてかつ流動し舞踏する独特な文体と言えましょう。つまり小説の文章を歩行の文章とすれば、戯曲の文章は舞踏する文章なのであります。

第五章　評論の文章

われわれが普通、芸術作品とよんでいるものは、戯曲、小説、詩などでありますが、しかし批評もまた立派な芸術作品たりうるのであります。批評が芸術作品であるかどうかという問題については、「文章読本」では申し上げるかぎりのことではありませんから、オスカー・ワイルドの有名な評論『芸術家としての批評家』を読まれれば、その間の事情が納得されると思います。

私自身のことを申しますと、私は小説にもまして、文章の悪い評論というものを読むことに難渋します。たとえ小さい囲み記事や匿名批評のような文章でも、批評の文章のもつ悪さは私の癇に鋭くさわります。おそろしくひどい悪口がすばらしい力強い見事な文体で書かれているということは、いつも私を下手な小説を読むよりも喜ばせます。強力な見事な文章は、批評をあらゆる私的ないやらしいものから切離す作用をします。もし小説を書くことが、一種のうらみつらみであるならば、批評がどうして芸術作品になり得ない理由がありましょう。

ただ、またしても評論の文章の困難は、日本語における論理性の稀薄さであります。少くとも近代の批評家で最も見事な評論の文章を書いた人はポール・ヴァレリーでありましょう。彼はフランス語の明晰な性質を極度に利用しながら、同時に如何にもダンディらしくプレシオジテ（気取り）の飾りを帯びた、冷静な知性人と優雅な社交人との文体における綜合という、十七世紀以来のフランスの伝統を輝かしく完成しました。同時にまたヴァレリーの批評の対象が、ヴァレリーの精神と拮抗するほどの力をもっていたということも大きなことでありました。ヴァレリーの批評の対象とは、つまり亡びゆくヨーロッパであり、ヨーロッパの全精神でありました。彼は批評をもって自分をヨーロッパの最後の人として記念碑的存在に仕上げたのでありますから、自ら彼の文章は堂々とし、彼の文章の美しさは大きな日没にも似たヨーロッパの精神の最後の香気を放ったのでありましょう。

しかし日本の評論家は日本語の非論理的性質と、また対象の貧しさとによって、深い知的孤独を味わわなければなりませんでした。外国の文物によって近代批評の根本精神を学び、批評の表現に高い基準を見出しながらも、それを表現する日本語と、批評の対象とすべき近代日本の浅薄さとのために、評論家は、いわゆる文体を作ることがなかなかできませんでした。しかし一人の天才が日本における批評の文章というものを樹立しました。それが小林秀雄氏であります。

小林秀雄氏の文体の特徴は、ヴァレリーと同じようにあくまで論理的でありながらも、日本の伝統の感覚的思考の型を忘れずに固執したという強さであります。そこで氏は日本語の文体と批評との間に一つの結合点を見出し、小説家の文体でいえば志賀直哉氏のような行動的な文体に一つの軌範を見、またその批評的対象は徐々に現代の雑駁な文学から離れて、ますます任意の対象を選択するようになり、戦時中の『無常といふ事』のころから中古の日本の人物像に照明を当てた氏は、戦後はさらにモオツァルトのような西欧の天才の魂に深く入り込み、最近はまた『近代絵画』という著書によって、氏の青年時代からの夢であったゴッホを始めとして、近代画家の最もユニークな批評を試みました。それは絵画論であると同時に、まったく氏の文学批評の延長線上にあるものであります。

もともと批評的文章は、明治時代から森鷗外や永井荷風や正宗白鳥や、さらに大正期から佐藤春夫氏のような多くの批評的才能をもった作家によって、次々と試されてきました。

私はここにとくに批評家独特の文章について言おうとしているのでありますから、小林氏の次には中村光夫氏を挙げなければなりますまい。中村光夫氏の文章は、小林氏のようにある意味での日本語への屈服を捨て、日本人の思考の型をことさらに排除しながら、実に厳密な論理的な文体を作りました。氏が有名な「ですロ調」を使い出したのは、私には普通ロ語文のともすると陥りがちな日本的感性から身をそらし、現代のロ語文の一種の有機性に背反し、無機的な文体を作ろうとした結果だと思われます。氏の長篇評論は、快い論理的展開にみち、日本語はかつてないほど論理的正確さを帯びさせられ、しかも批評家に必要な文学的感受性の繊細な糸が裏面から巧妙に織り合わされて、しかもこの感受性が論理を押しのけるまではみ出してくることもなく、いつもかならず感受性が論理の侍女になるように躾けられています。こうしたストイックな文体は、現代の小説にはあまり見られず、かえって批評の領域に見出されるのは、一つの不思議な現象とも言えましょう。

美は人を沈黙させるとはよく言はれる事だが、この事を徹底して考へてゐる人は、意外に少いものである。優れた芸術作品は、必ず言ふに言はれぬ或るものを表現してゐて、これに対しては学問上の言語も、実生活上の言葉も為す処を知らず、僕等は止むなく口を噤むのであるが、一方、この沈黙は空虚ではなく感動に充ちてゐるから、何かを語らうとする衝動を抑へ難く、而も、口を開けば嘘になるといふ意識を眠らせてはならぬ。さういふ沈黙を創り出すには大手腕を要し、さういふ沈黙に堪へるには作品に対する痛切な愛情を必要とする。美といふものは、現実にある一つの抗し難い力であつて、妙な言ひ方をする様だが、普通一般に考へられてゐるよりも実は遥かに美しくもなく愉快でもないものである。

美と呼ばうが思想と呼ばうが、要するに優れた芸術作品が表現する一種言ひ難い或るものは、その作品固有の様式と離す事が出来ない。これも亦凡そ芸術を語るものゝ常識であり、あらゆる芸術に通ずる原理だとさへ言へるのだが、この原理が、現代に於て、どの様な危険に曝されてゐるかに注意する人も意外に少い。注意しても無駄だといふ事になつて了つたのかも知れない。

（小林秀雄『モオツァルト』）

荷風は明治時代を通じて、文学者になることをはつきり目的として、そのためにだけ外遊した唯一の人です。そして当時の文学者の眼に、洋行は不必要の贅沢と見られた反面に、一般の社会から文学者になることを目的として外国に行くことが、どのやうに考へられたかをふりかへつて見れば、荷風氏の外遊の例外性は、はつきり理解されるわけです。

明治時代を通じて、西洋は我国の文化のあらゆる領野を通じて、学ぶべき「先進国」と考へられてゐたに違ひないのですが、当時の文化摂取を支配した極端な実利主義の結果、日本人が西洋人から学んだのは、ほとんどすべてすぐに目前の実益のある対象にのみ限られてゐて、そのために、西洋に留学するといふことは、これらの技術を身につける日本人にとつては、規則正しい出世の階段を進む一歩であり、生活上にも精神においても何等本質的な冒険の要素を持ちませんでした。

つまり彼等は日本の社会からは、選り抜きの秀才としてその生活を保障され、将来についても黄金のやうな夢に酔へただけでなく、自己の専攻する産業、軍事、あるひは政治などについての知識（彼はそれを西洋から日本に持ちかへるわけですが）の我国の社会に対する有用性にも、何等疑念を持たなかつたので、西洋はただ彼等の安全な出世への道のなかで大切なひとつの階段としての意味しか持たなかったのです。

ところで荷風にとっては外遊自体が彼の生活と精神の大きな危機であり、この危機を果てまで生きたところに、彼の青春が同時代から見て異例の成熟をとげた秘密があったと思はれます。

（中村光夫『作家の青春』）

第六章　翻訳の文章

このごろは日本文学がしばしば海外へ紹介されるようになりました。谷崎潤一郎氏の『蓼喰ふ蟲』『細雪』が、また川端康成氏の『雪国』がそれぞれサイデンスティッカー氏によって訳され、大岡昇平氏の『野火』がアイヴァン・モリス氏によって訳されて名訳と称せられています。また日本文学の翻訳者としても最も優秀な一人であり、最も個性的な日本文化の研究家である、ドナルド・キーン氏によりますと、日本人によって書かれた英文の最高峰は岡倉天心の『茶の本』だそうであります。キーン氏によれば、それは岡倉天心が教養を受けたボストン社交界の古風な上品な英語だそうでありますが、特殊な例外を除いては、われわれは不幸にして、日本人によって外国語に訳された、日本文学の名訳というものをほとんどもちません。このことは、日本近代文学というものが海外で最近になってはじめて高く広く評価されるようになった一つの過渡的な現象であるかもしれません。そのうちに日本文学を日本人が忠実に英語で訳したものが迎えられる日がくるかもしれません。

現に日本でも翻訳の初期時代には多少の誤訳があっても、如何にも日本語らしい雅文体や漢文まじりの文章で、日本人好みに訳されたものが歓迎されていました。それが次第に二葉亭四迷のころから独特の西欧的雰囲気をもった文体が日本語で作られはじめ、翻訳の進展に伴って、翻訳調という奇妙な直訳調が跋扈しはじめ、次第に悪貨が良貨を駆逐するように、翻訳の文体が非常に乱れて粗悪になってきた。その一方、真面目な語学の達人で、かつ文学的才能の豊かな人達によって、語学的にも正確で文学的にも優れた翻訳が次々と作られ、次第に翻訳文というものと日本語との融合がなされ、今日では日本語の文章そのものに翻訳調が入り込んでいると同時に、翻訳の文章をもわれわれはまったく日本語として読むような状態にまでたち至ったことは、序章でも述べたとおりであります。

その点では、外国における日本近代文学の翻訳はまだ歴史ももたず、日本的思考形式を外国語のなかへ輸入するほどの浸潤性ももたず、まったくの紹介時代に生きているからかもしれません。しかしこれは何とも言えないのであって、私は自分の経験からも外国の出版社や読者が、如何に英語としての訳文の美しさを重んずるかを知るに至りました。

西欧の思考形式と日本人の思考形式というような差別や、また一例が川端康成氏のような微妙な日本語の文章が、外国語に移されるか否かという問題や、そういうあらゆるものを超えて、英文として立派でなければ、翻訳もしたがって価値がないとされているのを知りました。そのよい証拠が、日本では外国文学を勉強するという学生根性がありまして、翻訳小説などはたとえグロテスクな二流文学であっても、いかめしく注釈がついて、日本人になじみのない言葉をいちいち注釈によって確かめる仕組みになっています。ところが外国の出版社は、小説本の注釈をきらいます。注釈なしになんとかわからせることが、小説の読者に対する礼儀だというのであります。これは一種の見識でありまして、谷崎氏や川端氏の文章にどれほど日本的な特殊な風俗や生活習慣が出てこようが、なんの注釈もなしにそれを読者に周知徹底させることが翻訳者の手腕のうちと考えられているのであります。こういう態度は小説を一個の芸術作品と見る態度からくる論理的必然でありまして、翻訳された小説は、その国の国語における一個の芸術作品でなければならないので、語学的正確さや学生の勉強のためのテキストとしての便利さや、そういう要素が残っているうちは、文学作品として独立していないと言わなければなりません。外国ではともあれ小説は楽しんで読まれるべきものであり、研究されるべきものでないのであります。

私は語学者ではありませんし、また外国語に堪能でもありません。したがってひとつひとつの翻訳の細部が誤訳であるか、文法的にまちがいであるかについては、多くの場合、判断をはずしてしまいます。もちろん翻訳文があまりわかりにくいときなどは、どうせ誤訳だろうときめつけることはできますが、しかしその小説や詩や戯曲の少くとも全体的効果が損われているような翻訳は、如何に語学的に正確であっても、日本語で読んでよい翻訳ということはできません。要は作品としての全体的効果がうまく移されているかどうかということであります。

これについては、翻訳の二つの対照的な典型的な態度があります。一つは多くは個性の強い文学者の翻訳になるもので、どうせ外国の文物、風俗が完全にそのまま日本語に移されないということを承知のうえで、自分の個性の強い歯で外国文学を咀嚼して、自分の個性の色あいに染めあげ、しかも原作者に対する自分の精神と感覚の深い底からの愛情をそのまま翻訳に移して、あたかも自分の作品であるかのごとき癖の強い翻訳文を作る態度であります。もう一つはオーソドックスなやり方と考えられているもので、とうてい不可能ながらも原文のもつ雰囲気、原文のもつ独特なものを十のうち一つでも、能うかぎり日本語で再現しようとする、良心的な語学者と文学の鑑賞力を豊富に深くもった語学者との結合した才能をもつ人が試みる翻訳であります。後者の例としては杉捷夫氏のメリメの短篇小説の翻訳などは、その簡潔さと日本語としての見事な正確さとで、志賀直哉氏の文章にも近づいているということが言えましょう。また前者の代表では鷗外の『即興詩人』『ファウスト』、日夏耿之介氏の『サロメ』やポオの詩の翻訳、神西清氏の『コント・ドロラティク』(風流滑稽譚)の抄訳、斎藤磯雄氏のリラダンの翻訳などであって、この二つの根本的に立場の異なる翻訳文から、われわれが選択する場合、結局、翻訳されたものが、日本文学と肩を並べ、日本文学と同等の資格で存在し、もはや日本文学の一つの宝としてもち出しても、不思議でないようなものこそ立派な翻訳文ということが言えるのであります。一般読者が翻訳文の文章を読む態度としては、わかりにくかったり、文章が下手であったりしたら、すぐ放り出してしまうことが原作者への礼儀だろうと思われます。日本語として通じない文章を、ただ原文に忠実だという評判だけでがまんしいしい読むというようなおとなしい奴隷的態度は捨てなければなりません。また同時にさっき述べた二つの態度の第一の態度は、一面危険な態度でありまして、それほど個性も強くなく、かつ才能も豊かでない翻訳者が、第一の態度によったときの文章はしりぞけなければなりません。

われわれはよく一流の外国文学者の如何にも嫌味な文学青年くさい翻訳文にお目にかかります。彼等は学者としては一流であるかもしれませんが、若い時代に小説家や詩人になろうとして、才能がなかったためにそれが果されなかった夢を、自分の翻訳の仕事のなかにもちこんで、外国の秀れた作家たちを自分の不思議な文学癖というよりも、青くさい文学癖、同人雑誌流の嫌味な文学趣味やキザな言葉遣いなどで歪めて汚してしまうのであります。ですから一流の学者のなかにも、このような文学青年趣味がひそんでいることを考えて、一流の学者の訳した一流の外国文学でも、もしその文章が偏頗な趣味性に汚されていたならば、早速それを座右から遠ざけなければなりません。

このように読者が翻訳の文章を読むときにも、日本語および日本文学に対する教養と訓練が必要なのであります。その教養と訓練が失われたときに、翻訳の文章の水準は低下し、悪文がはびこり、かつ悪貨が良貨を駆逐します。

語学ができないことは何ものでもありません。語学ができないからと言って翻訳文にケチがつけられないなどという馬鹿なことはありません。翻訳文はかりにも日本語であり、日本の文章なのであります。語学とは関係なくわれわれは、自分の判断でよい翻訳文と悪い翻訳文を区別することができるのであります。

翻訳者の恣意のおかげで如何に外国文学が歪められて伝えられてきたか、その害悪は測り知れないほどであります。翻訳は八分の功績と二分の害悪がある薬品のようなものであって、如何にリルケのような詩人がセンチメンタルに日本に紹介され、ジィドが抒情的に紹介され、シュトルムをはじめロマン派の作家がロマン派独特の逆説とアイロニイとを抹殺されて、少女向きの読物として紹介されてきたか、測り知れません。

それと同時に、一方では立派に正当に紹介されてきた外国の文豪もたくさんあるのですからもちろん一概には言えません。しかし私が翻訳文について弾劾するようなことを言っても、現代日本語の豊富さと日本の文章の表現の豊かさが、いかに多くの翻訳文の発達に負っているかということは、序章でも力説したところであります。

第一の態度と第二の態度との最も対照的な例を示すために、エドガア・アラン・ポオの『アッシャア家の崩壊』の中に出てくる詩の翻訳を二通りお目にかけましょう。前者は日夏耿之介氏の雅語を駆使した、如何にも日夏氏らしい絢爛たる名訳であり、後者はごくオーソドックスな態度で翻訳されたものであります。

さても妖鬼はかなしびの衣《きぬ》にたばかり
国君の宝座《みよし》を襲へば、
嗟呼《ああ》悼ましし愁毒の君にもあるか。
あすの日の日のめも睹《み》まじ。
むかし燦爛と花立てる栄華の黄闥《まきのと》
いまは邈《ばく》たる古き代とて
ほぬかなる一場の昔がたりとぞなれりける。

いまかの谿間にもとほれば、
冏々《けいけい》と照りいでし矢狭間《やざま》ごし

絃《いと》のみだれの楽音《がくのね》や、
　幻《まぼろし》のごと蠢《うごめ》ける
巨いなるもののかげをぞ見もやせめ、
たぎち落つる激湍かと青ざめし扉を、 たえず
怕ろしきくん集馳《じゅは》せいで
その笑《ゑま》ひ嗑然《こうぜん》たれど帯笑《うそゑ》むことの絶えて無き。

（日夏耿之介訳）

*

されど禍津日《まがつひ》こそ悲しみの衣着て
君の宮居に攻め寄せぬ。
（うらぶれの我が大君は、 かなしや、 再び日光《ひのめ》も見じ。）
かくて宮居を立ち罩めて
茜《あかね》色さす栄光も、
かすみと罩めしその上の
遠き昔の語り草。

今はや谷間辿る人々は、
紅《くれなゐ》輝く窓よりぞ、
乱《らう》がはしき楽《がく》の音につれ、
おぼろに揺るゝ万物《ものみな》の影こそ見れ。
かくて又夙く悍《おぞ》ましき流れの如く、
蒼ざめし扉潜りては
恐ろしき群影《むれかげ》常久《とは》に舞ひ出づ、
嘲笑ひつゝ――されど最早頬ゑまず。

（谷崎精二訳）

この城館《やかた》に於て、二人の恋人は、精神が神秘の肉体に融合する、悩ましく邪《よこしま》な歓喜の大海に身を涵《ひた》した！　彼等は、熱烈なる欲望と、戦慄と、狂乱せる愛撫の、限りを尽した。二人は相互に存在の脈搏となつた。彼等にあつては、精神は遺憾なく肉体を貫いたので、彼等の容姿は彼等には霊的に思はれ、接吻の燃ゆるがごとき唇は、形而上の融合の中に二人を結びつけた。長い眩惑！　忽然として、魅力は砕けた。怖るべき事変が彼等を乖離した。彼等の腕は解き放たれた。如何なる怨霊がその愛する死者を奪つたのであらうか？　死者！　否。ヴィロンセロの魂は、その断絃の刹那の叫びの裡に奪ひ去られるのであらうか？

数時間は過ぎた。

彼は、玻璃窓《がらすまど》を通して、昊天《おほぞら》に進んで来る夜を眺めた。「夜」は彼には人間として現れた。――その「夜」は、流竄《るざん》の境に、憂愁《うれひ》に沈んで歩みゆく女王の如く思はれ、喪の長衣に挿した金剛石《ディヤマン》の衣紋留《えもんどめ》、宵の明星、唯ひとつ、樹々の梢の上に、光り耀き、碧穹《あをぞら》の奥深く消え去つた。

（リラダン『残酷物語』斎藤磯雄訳）

かう言ひながら、相変らず曹長は時計を子供の蒼白い頬に近づけ、殆んど触れんばかりになつた。子供は、時計欲しさと一旦匿したものに対する尊敬との相搏つ心中の闘争を、明かに面に現はした。はだけた胸は激しく波打ち、今にも息が詰りさうである。時計は左右に揺れた。くるくる廻つた。時々子供の鼻の先にぶつかつた。遂に子供の右手は少しづつ時計の方へせり上つて行つた。指の先が時計に触れた。時計は今や全くその重みを子供の手中に托してゐる。曹長は未だ鎖の端を放さない。

……時計の文字板は空色である。……側は磨き立てである……太陽に輝いて、火のやうに燃えてゐる……誘惑は余りに強かつた。

フォルチュナトは今度は左の手をあげた。拇指で、肩越しに、自分の寄りかかつてゐる枯草の山を指した。曹長は直ぐ呑みこんだ。彼は鎖の端を放した。フォルチュナトは今や自分一人で時計を持つてゐるのを感じた。子供は鹿のやうにすばやく立ち上り、枯草から十歩ばかり飛びのいた。兵士等は時を移さず枯草を突き倒した。間もなく枯草はムクムクと動き出した。血塗れの男が一人、手に匕首《あひくち》を握つて、現はれた。彼は立ち上らうとした、が、冷えた傷口の痛みに堪へかねて、再び倒れた。曹長は男の上に飛びかかつて、匕首をもぎ取つた。忽ち、抵抗の甲斐もなく、高手小手に縛り上げられてしまつた。

（メリメ『マテオ・ファルコーネ』杉捷夫訳）

第七章　文章技巧

人物描写——外貌

フランスの古典時代にはポルトレという一つの文学ジャンルがありました。それは簡素な筆で各人の風貌と性格を描き出し、それをもってサロンの座興に供しながら、同時に人物批評眼の確かさを競うものでありました。ラ・ブリュイエールの『レ・キャラクテエル』（人さまざま）はこのようなポルトレの古典であります。

われわれがまた言葉を使って文章を書こうとするときに、言葉そのものが社会的機能を帯びていますから、他人の風貌を叙述することが最大の関心になります。名前はそのためにあり、われわれは外貌と名前とによってその人物のアイデンティフィケーション（同一視すること）を維持しますが、もし名前を忘れたときにわれわれは、「そらあの男、とても肥って、頭の禿げた象のような眼をした、そらあの男さ」と言います。それでもわからないと、「ほらいつか君のところに来てたじゃないか。そのときやたらに大きい声でベートーヴェンの音楽を論じていたが、そのくせベートーヴェンなんかわかりそうもなかったやつだ」というように、その内面、ないしは性格の描写に進みます。それでもわからないと、はじめてその人物と自分との関係が詳細に説明されます。そうしてさらに人物への関心が深まるにつれて、その人物を分析し、性格を解剖し、心理の奥深く手を伸してゆきます。これらすべてを統合して名前という固有名詞があるのであります。

現実生活においては、われわれは人物を名前で分類してしまいます。固有名詞でも、職業が一種の名前の働きをします。新聞記者であるとか、代議士であるとか、小説家であるとか、野球選手であるとか、映画俳優であるとか、そうしてその職業の分類で人物の類型を決めてしまい、その上、さらに個性を発見しようと努めるのであります。しかし個性を発見する必要のないところでは、われわれは類型ですますだけであります。ですからわれわれの住んでいる社会は、あたかも風景画のように自分のまわりほど密度も濃く、細部がはっきりした近景があり、遠ざかるにしたがって輪郭がぼやけ、一色の色彩に塗りこめられてしまい、類型と普遍化の彼方に遠ざけられています。人がわれわれに近づくにしたがって固有名詞が必要になり（社会的人気者は誰の近くにもいるという一つの仮構の上に成立っていますから、いつでも固有名詞で呼ばれます）、その名前は、数百枚の名刺を整理するうちに忘れられ、その中でさらに親しい名がわれわれのまわりに群がり、もっと親しい家族の間では、名前は同じになって、夫婦の間になると、「おい」だけで通ずるようにすらなります。これは現実生活の展望図であります。

しかし文学作品では、われわれは突如として知らない他人に接します。われわれは現実生活では殺人犯人とつきあう機会はないが、小説では第一ページから殺人犯人が主人公として登場するかも知れません。それがAという名前であると、われわれは否応なしにその固有名詞につきあわなければなりません。しかし、その固有名詞の実体は無なのであります。つまり現実生活では実体があり生活があり、自分との関係があってはじめて固有名詞が意味を持ち出すのでありますが、小説および文学作品における固有名詞は、まず名前があって、その名前の背後にさまざまな関係が設定されなければなりません。関係とはつまり読者と主人公との親しみあいであり、序説で述べたように自分が主人公の中に没入して生活するまでに至るリズール（精読者）の態度から要求されるものであります。

かくて小説では如何に心理的な小説でも人物の外貌がわれわれの第一の関心になります。よく心理小説では人物の外貌がちっとも描写されていないものが多い。しかしそれは人物の外貌が不必要なのではなくて、読者が別の道からその人物に親しみ、読者の想像にしたがって、その想像次第で読者の好みで外貌が目前に描き出されることをねらったものに他なりません。横光利一氏が、いつか堀辰雄氏と話をしていて、「『ドルジェル伯の舞踏会』のマオという女主人公の顔がどうしても浮んでこない。声だけはどうやら浮んできかかるが」と言ったことがあるそうですが、あのラディゲの名作の女主人公は、たとえはっきり顔が浮ばなくても、読者のなかに一つのイメージとして見事に定着しています。ここに小説の秘密があります。

もし外貌が大切ならば映画にかなうものはありますまい。映画は人の顔、服装すべてを目の前に提示します。そうしてその人物に対する好ききらいは配役によって微妙に差別され、人のきらうような顔は悪役、人の好くような顔はよい役にあてはめられます。だが映画を見るとき、われわれは同時に、ある一定のイメージを押しつけられているという感じを否むことはできません。想像力は画面から命令され強制されて、一定の型にはめられてしまい、例えば痩せ型の女を好きな男が、豊満な美人の女主人公の映画を見てもなんらの実感が湧きません。そのためには映画はよくできていて、肥った女優や、痩せた女優や、さまざまな女優の手持ちをもち、それぞれの出演映画をあてがい、観客は映画そのものよりも俳優によって自分の好みを選択して映画館へ行きます。かくして映画のスター・システムが生れるのでありますが、映画のスター・システムとは映画が観客の想像力を殺すことの必然的結果であり、演劇がなお想像力の余地を多く残している点で、それほどスター・システムを要求しないのとちょうど逆の事情であります。しかし歌舞伎のスター・システムは別の伝統からでたもので、これと混同することはできません。

ですから文学作品における人物の外貌描写には、映画のような、まったく視覚的な印象以外に、読者の想像力の要素が重大であることがわかりました。人間は誰しも眼が二つあり鼻が一つあり、口が一つあります。神様はこの人間を実に不思議な微妙な差をもって同じ顔のないように作りあげたのでありますから、実は厳密に言えば、小説の一人の人物が登場する場合、他の誰にも似ていないその人物が、そこへ出てこなければならないはずであります。しかしそれは不可能でありますから、われわれは類型に頼り、読者の生活経験のうえからたくわえられた人間の外貌に対する知識に頼り、言葉に頼って一つのタイプの綜合を企てるのであります。

もしかりに「彼女は眼が二つあって鼻が一つあって、口が一つあった」という外貌描写があったとしたら、ユーモア小説でないかぎり、あなたは吹き出してしまうでしょう。そこで小説家のごく普通のやり方としては「彼女の眼は美しかった。鼻は形がよく、小鼻がすぼんでいるのが貧しそうな感じを与えたが、それがえも言われぬ清らかな、つつましさを感じさせた。小さめな口からは子供っぽい小さく並んだ形のよい健康な歯がのぞいていた」という具合に書きます。これを読む読者は彼女の顔がわかったような気になりますが、実は少しもわかっていないのであります。ためしにその顔を絵に描いてみたら、どんな顔になるか見当もつきません。大体、目の美しさなどというものは主観のちがいもあり、それをどう描写してみても描写しきれるものではありません。しかし小説の利点は前にも申しましたように、読者の想像力を刺戟していつも想像力の余地をのこして、その余地でもって作者の思うところへ引っぱって行こうという技巧なのであります。

昔、アンドレ・カイヤットというフランスの映画監督と話したときに、私がしきりに映画に対する小説の優越性と未来性を力説して、映画には肥った女や、痩せた女が出てきて、如何に映画会社が美人だと宣伝しても、それは美人でないと思う頑固な観客を避け得ないが、例えば小説だと、スタンダールの『ヴァニナ・ヴァニニ』のように「彼女はローマ第一の美人であった」と書いてあるだけで読者は納得し、彼女の美の前にひれ伏すではないかと言ったことがあります。しかしそれは作者の態度、作者の資質によることであって、バルザックのような夢想家であり、かつリアリストであった天才は、人間の顔についてもその顔から受ける詩的印象を微細にわがまま勝手に描き出して、それを読むわれわれはもう何のことやらわからなくなってしまいます。

艶けしの金いろの髪が人目を惹く彼女は、たしかにエヴァを記念するために言ふのだらうと思はれるが、あの天女にもませほしいと称される金髪の、肌はといへば、肉の上にはられた絹紙が手に眼をねたませて、見る目の太陽に当ると花やぎ、冬にあふと震へるのにさも似た繻子のやうな肌の女性の仲間に属してゐる。こふのつるの羽のやうに軽く、イギリス風に捲き毛にしたその髪の下の額は、それこそ清らかな恰好をしてゐるので、コンパスで線をひいたかと思はれるばかりで、思想の光りでかがやいてはゐるが、いつもつつしみ深く、静けさの極平穏なほどである。とはいふが、いつどこで、これ以上に淡白な、これほど透明な明確さをもつた額をみることができたであらう。それには、真珠のやうに、つやがあるやうに思はれる。灰色がかつた青の、子供の眼のやうに澄んだ両の眼は、弓なりの眉毛の線に調和して、子供らしいいたづら気と無邪気さをすつかり見せてゐた。その眉毛のそりが又、筆でかいたシナ画の人物の眉の根と同じやうな植わり方の根によつて、わづかにそれと示されてゐるだけなのだ。かういふ才智にとんだあどけなさは、その上なほ、眼のまはりやそちこちのくまや、こめかみの、かういふ繊細な肌色にかぎつて見られる、青く網目の入つた真珠母いろの色調によつて、一段と引き立つてゐる。顔立ちは、ラファエロがその聖母像のためあれほどしばしば見出した卵形で、頬骨の、暗い、初々しい、ベルガルのばらのやうに甘美な色のせゐで特にきはだつて見える。しかもその頬骨の色の上には、透きとほつた瞼の長いまつげが、光と入れまじつた影をおとしてゐた。頸はそのとき曲げられてゐたが、ほとんどひよわいと言へる位で、乳のやうな白さを帯び、レオナルド・ダ・ヴィンチの好んだ、あの陰に消えさうな線を思ひ出させる。十八世紀のつけぼくろのやうな、こまかい幾つかのそばかすが、モデストはまさに地上の娘で、イタリヤの「天使讃美派」が夢みたあの生き物ではないといふことを語つてゐる。彼女の唇は、少々人をばかにしてゐるみたいで、才気走つてもゐれば厚ぼつたくもあつたが、肉の快楽を現はしてゐる。別にひよわなわけではなく、柔軟な彼女の胴体は、コルセットで病的な圧迫を加へることによつて成功を乞ひねがふあの娘たちの胴体のやうに、「母たること」の脅威とはなつてゐなかつた。綿まじりの絹織だの、はがねだの、締め紐だのは、この、風にゆられるポプラの若木の優美さにもなぞらへるべき優美さの、伸びつうねりつする線を純化してゐるだけで、作成してゐるのではなかつた。真珠のやうな灰色で、さくらんぼいろの組紐を飾りにつけた、裁ち方の長いローブは、貞淑さうに胴の形を描き出し、まだ少々肉のうすい肩を肩衣でおほひ、そのおかげで、襟足が肩につくそのつけ根の最初のまるみしか見ることが許されなかつた。ばら色の鼻孔のあいた、小鼻の輪郭のしつかりしたギリシア型の鼻が才気走つて、何かしらん実際的なものを放つてゐる、この、おぼろげでしかも利発さうな顔つき、神秘的と言つてゐゝ位の額にみなぎる詩情が、口もとの肉欲的な表情によつてなかばその偽りをあばかれてゐる顔つき、あどけなさと、何もかも心得た嘲笑とが、ひとみの変化に富んだ深々とした野面を奪ひあつてゐる顔つきを見たら、観察者は、このあらゆる物音にめざませられる油断のない敏感な耳をそなへ、「理想」の青い花の匂ひに向つて鼻のひらかれてゐる娘は、あらゆる日の出の周囲でたはむれる詩と日中の労働との間、「幻想」と「現実」との間で行はれる闘ひの舞台であるにちがひないと考へたことであらう。モデストは、好奇心も羞恥心もつよく、自分の宿命を心得、貞潔さにみちた娘だつたのだ。ラファエロの処女といふよりむしろエスパニヤの処女だつたのだ。

（バルザック『モデスト・ミニョン』寺田透訳）

私はこれほど執拗な顔の描写を知りません。もともと自然主義の作家たちは客観性を重んじて科学的真理を信奉し、要するに人間の外観というもの、目に見えるままの形を信じていましたから、人物の外貌描写には力を注ぎ、その点のデッサンの腕は巧妙を極めていました。

シャルルは患者を診《み》に二階へ上った。患者はベッドに横たわっていた、蒲団を被って汗びっしょりになり、寝間帽は遠くの方へはねとばしている。五十がらみのずんぐりした男で、色は白く、眼は青く、額は禿げあがり、耳輪をはめている。傍らの椅子にブランデーの大瓶をおき、腹に力をつけるために時どき注《つ》いでは飲んでいたのだろう。しかし医者の姿を見ると、興奮は一時に冷めて、十二時間も怒鳴り散していたのとは打って変って、弱々しく唸り出した。

（フロベール『ボヴァリー夫人』淀野隆三訳）

大柄で、肉づきのいい、愛嬌のある女だつた。いつも閉めきつて、陽のささない家の中にゐるので、顔色は蒼かつたが、そのくせ、まるで琥珀《こはく》ニスでも塗つたやうなつやつやした色をしてゐた。添毛や入毛を使つて、カールさせた薄い髪が額にたれさがつてゐる恰好は、その成熟した姿態とは似もつかず、まるで生娘《おぼこ》めいた風情をあたへてゐた。いつも変らず元気で、見るから気さくさうな顔をしてゐ、冗談口をたたくなども好きな方でありながら、しかも、彼女の新しい商売もまだ消すことの出来ない、一種の慎しみといふ風のものが具つてゐた。乱暴な言葉は、今もつて多少なり彼女の心証を害せずにはおかなかつた。たまたま、育ちの悪い小僧ッ子に、自分の経営してゐる家を露骨な名前で呼ばれようものなら、躍気になつて憤《おこ》る彼女だつた。要するに、彼女は高雅なたましひの持主なのだ。

（モーパッサン『メーゾン・テリエ』青柳瑞穂訳）

谷崎潤一郎氏のように官能的な作家も女の外貌をすばらしく執拗なタッチで至ると、ころで描写していますが、その描写は自然主義作家とちがって、あくまでも官能の対象と見られて、読者が思わずそれに食いつくようになまなましく動物的な匂いを放ったものとして描かれています。

重々しい眼瞼《まぶた》の裏に冴えた大きい眼球のくるくると廻転するのが見えて、生え揃つた睫毛《まつげ》の蔭から男好きのする瞳が、細く陰険に光つて居る。蒸し暑い部屋の暗がりに、厚味のある高い鼻や、蛞蝓《なめくぢ》のやうに潤んだ唇や、ゆたかな輪廓の顔と髪とが、まざまざと漂つて、病的な佐伯の官能を興奮させた。

（谷崎潤一郎『悪魔』）

人間の表情は刻々と感情を映して変化し、また第一印象は第二印象で訂正されやすく、同一の顔がちがった顔に見えることもしょっちゅうであります。小説家が小説の流れ、ことに時間の経過を大切な小説の要素とする小説の流れにおいて、この変化を見逃すはずがありません。谷崎氏も女の顔のこのような変化を書いています。

　正直を云ふと、彼は其の女の顔を、初めに一と目見た時は、「ちよいと綺麗だな。」と思つた。が、つくづくと見て居るうちに、だんだん方々にアラが出て来て、美人でも何でもないと感じ出した。たゞ背恰好がきやしやで、頸筋のすらりとした、胴のくびれた、臀の大きい、脚の長い、西洋の女が和服を着たやうな一種の味はひのある全体の肉附きが、美人であるかの如く人の目を欺くだけで、橙《だい〳〵》のやうに円い顔の造作を、一つ一つ吟味すると何処と云つて取り柄はない。鼻は高いけれども獅子つ鼻だし、眉毛は細く長く尻の方が軽薄さうに下つて居るし、いやに色の紅い薄い唇が蓮つ葉らしく大きく切れて、而も三日月型に上の方へしやくれて居るし、悪く云へば牛屋《ぎうや》の女中にだつて此のくらゐな御面相はいくらもある。それに、なんぼ芸人の仲間とは云へ、少女の癖に若い男を向うに廻して、こましやくれた冗談口《じようだんぐち》を叩いて居るのが、頗るつきの擦れつ枯らしのやうに見えて、菊村はあまりいゝ気

（谷崎潤一郎『嘆きの門』）

このような人物の外貌描写は自然主義作家であると否とにかかわらず、作者の強い主観に裏づけられた強力な印象と、それを読者に伝達する際に読者の想像力を如何に刺戟するかという問題にかかっているのであります。

持がしなかつた。

人物描写——服装

人間の印象は顔のみならず、服装や、ちょっとした癖や歩き方や、さまざまな全体的印象から生れ、その人全体の雰囲気を形造ります。もちろんそれが集約的にあらわれているのが顔ですが、顔を描くときに、小説家がただオブジェとしての顔を描くのではなく、同時にその人物の全体的印象の把握に努めていることは容易にうかがわれます。文学はどんな細部をも生き生きと描き出し作者の思うままに詳細に人物描写ができるのでありますから、もちろんしようと思えば顔から始って、服装のすみずみに至るまで、またそのちょっとした癖やら、歩き方やら、手の振り方やらまで描くことができます。就中《なかんずく》、重要なのは、女性の服装であって、明治までの小説には女性の服飾美に関する小説家の見識が、いつも示されなければなりませんでした。

中の間なる団欒《まどゐ》の柱側に座を占めて、重げに戴ける夜会結《むすび》に淡《うす》紫のリボン飾して、小豆鼠の縮緬の羽織を着たるが、人の打騒ぐを興あるやうに涼き目を瞠《みは》りて、躬《みづから》は淑《しとや》かに引繕へる娘あり。粧飾《つくり》より相貌《かほだち》まで水際立ちて、凡ならず媚を含めるは、色を売るものゝ仮の姿したるにはあらずやと、始めて彼を見るものは皆疑へり。一番の勝負の果てぬ間に、宮といふ名は普く知られぬ。娘も数多居たり。醜きは、子守の借着したるか、茶番の姫君の戸惑せるかと覚しきもあれど、中には二十人並、五十人並優れたるもありき。服装《みなり》は宮より数等《すとう》立派なるは数多あり。彼は其点にては中の位に過ぎず、貴族院議員の愛娘《まなむすめ》とて、最も不《ふ》器量を極めて遺憾なしと見えたるが、最も綺羅を飾りて、其起肩《いかりがた》に紋御召の三枚襲《がさね》を被《かつ》ぎて、帯は紫根の七絲《しちん》に百合の折枝を縒金《よりきん》の盛上《もりあげ》にしたる、人々之が為に目も眩《く》れ、心も消えて眉を皺めぬ。

（尾崎紅葉『金色夜叉』）

このように女性の服飾美は小説家の教養の一部にもなり、また小説に出てくる豪華な御馳走の一部でもありました。それはかならずしも人物描写の必要不可欠なものではなかったが、一時代の趣味のなかで、よい趣味と考えられるもの、悪い趣味と考えられるもの、帯の好み、帯〆の好み一つでも、よい趣味と悪い趣味とが截然と分れていた時代には、作中人物の良し悪し、服飾に関するその人の性格的特色などを、服飾描写によって容易に表現することができました。と同時に、読者が小説の作者に求めた趣味の達人、生活の美学者たることの要求にも応じて、作者はこのような生活の微細な部分にまで自分の教養の深さを誇ることができました。

しかし現代のように趣味が雑多になり、よい趣味と悪い趣味が混同され、服装そのものにも革命的変化がもたらされている時代には、小説の中の服飾描写は、ほとんど無意味に近くなってきました。例えばひとりの趣味人の着物の好みに関する次のような描写が、現代では如何に時代離れして見えることでしょうか。

実際、梶はまだ三十を三つ四つより越さない年配だが、生れたときから評判の通人の手の中で育つたためであらうか、衣食住に関しては最高の趣味となされたその道の段階から、も早や常人からは一見いかものとさへ思はれ勝ちな趣味生活の中へ心身を突つ込んで来てゐるのであつた。全く奈奈江から考へても、あれでは傍の者が困るより自分自身が困るであらうと思へるほどで、例へば晒布《さらし》の襟無し襦袢を一日に三四度着換へることはまア普通のこととして、足袋はわざわざ結城《ゆふき》の手縫ひで然も共切《ともぎれ》の色紙をあてたものでなくては気に向かず、手巾《ハンカチ》の洗濯でも女中のやることでは、「眼を嚙む」と云つて自分自ら麻の少し大判なのをガラスへ貼つてやらねばをさまらないほどなのだ。着物ときてはこれはまた一通りのことではなく、一度呉服屋から断《た》つて来た物を早速女中にざくざくと単衣《ひとへ》に縫はしてから、その夜直ぐ寝巻にしてしまひ、十日か二十日の後に脂肪がじんわりと滲みかかつたのを女中にくたくたに洗はして、初めてそこで京都へ水張りにやつてから仕立屋に出すのである。すると、彼には程良い中古になつて気に合ふのだが、長襦袢となるとそれがもう一層激しい凝り方だつた。羽二重も絶対に無地でなければ用ひないのは、尋常の通人とは違はぬが、それが袖と裾廻《すそまはし》とだけは黒つぽく、胴は浅黄で、しかもそれが勘平浅黄でなければ用ひないといふのだから、並たいていの凝り方ではない。

（横光利一『寝園』）

しかし女性の服装が名称だけでも耽美的な和服の様式から離れて、洋服全盛の時代がきますと、その洋服のファッション・ブック的語彙の一例が、サック・ドレスとか、タイト・スカートとか、それから生地や色合いにいたるまで、生半可な外国語の名称が氾濫し、そういうものを、もし明治の小説のようにふんだんに小説中にとり入れなければならないとしたら、何ページかが片仮名で埋ってしまうことになるでありましょう。そこでわれわれは小説を書く場合に、洋服の描写を避ける傾きがありますが、洋服の描写に下手にこると、文章そのものまでが軽薄になってしまう傾きがあるからであります。

ことに女性の服飾美や女性の持ち物に関して、小説家は読者と共謀してフェティッシュ（節片淫乱症）な興味をよせます。外国にはシュー《靴》・フェティシズムというものがありますが、ハイヒールなどは単に靴の描写だけでなく、そのハイヒールを通じて間接的なエロティシズムをただよわせるのであります。女性の描写が女性の実態や性格や気質や、人物としての現実性を離れて、衣裳や持ち物のような瑣末なものに及ぶとき、それはちょうど、収容所や僻地の兵営生活における女性の観念と同じように、一種の象徴的なエロティックな女性を表現し、これは小説の描写の重要な要素になります。

ですから人物描写も具体的な人物を指示するものから始って、象徴的な間接的な人物描写に至るまでさまざまなニュアンスがあるということができましょう。戯曲でよく行われる手法でありますが、最後まで舞台に登場しない人物について、いつまでも会話が交されたり、また小説『レベッカ』のように、すでに死んだ女について小説がその女のまわりに回転する場合もあります。このような場合の人物描写が普通の人物デッサンとはちがって、心理的な味わいを帯びるのは当然でありましょう。リラダンの小説『ヴェラ』(『残酷物語』の中の一篇)やポオの小説『リジィア』などはそれぞれ死んだ女が小説の主人公をなしております。

自然描写

風景描写にかけては、日本の作家は世界に卓絶した名手だということができましょう。それは風景のなかに小さい人物が点綴される東洋画のように、人間と自然との間に対立のない東洋的世界では、風景描写が人物を圧倒するような力をもって、ときどき文学作品のなかに登場します。外国の文学では、特殊な紀行文を除いては、風景が小説のなかからはみ出して、その小説独特な魅力になるというものは数多くありません。スタンダールの作品にときどき現われる簡潔な自然の描写は、日本の自然描写とはまったく質を異にしたものであります。私はいま北欧の作家ヤコブセンの『モーゲンス』(『ここに薔薇あらば』所収) などに見られる、突然落ちかかる雨の描写などに、日本的な自然描写に似たものを感ずるのであります。

　圧しつけられるやうに蒸暑い日だつた。大気は熱でキラキラ輝き、しかもひどく静かである。樹々の葉は睡たげに垂れ、動くものとては、蕁草の上のてんとうむしと、日光にあつて身をもがくやうに草の上で突然にくるくると丸まつた、一枚の凋みかけた葉しかなかつた。

　それから、槲の木陰の若い男。彼は寝ころがつて、喘ぎながら、悲しさうな絶望的な眼で空を見上げてゐた。彼は一つのメロディを口ずさみかけたが、止めてしまひ、今度は口笛を吹いたが、それも直ぐ止めてしまつた、それから幾度も寝がへりを打つと、乾ききつてまつたく灰白色になつてゐる古いもぐらの盛土を、ぼんやりと眺めてゐた。突然灰白色の盛土の上に、小さい丸い黒つぽい斑点が、一つ、また一つ、三つ、四つ、それから次々にあらはれて来て、小さな山全体が暗灰色になつてしまつた。空気はすうつと長いいく筋もの黒い筋でつらぬかれ、葉はうなづいたり揺れたりしはじめた。それがざわめきとなり、煮えたり湧きかへるしぶきとなつて、やがて滝のやうに空から注ぎ出した。

一切のものがきらめき、光り、しぶきをとばした。木の葉、枝、幹、すべてが濡れて光つた。地面や、草や、籬の上に落ちる水滴は、幾千の美しい真珠となつてとび散つた。小さな雫は、しばらく引懸つてゐるかと思ふと、大きな雫になつて落ち、他の滴とあはさつて小川になり、小さな溝にそゝぐと、大きな穴に流れこんだり、小さな穴からまた出て来たりして、塵や木屑や葉つぱごと流れてゆき、それを地の上に置いたりまた浮べたり、くるつと廻しては、また地の上に置いたりした。芽の中にゐた以来はなればなれになつてゐた葉たちは、濡れてまたくつつきあつた。乾いて枯れたやうになつてゐた苔は、水を吸つて、柔かく、緑色に、つやゝかになつた。まるで嗅煙草のやうになつてくづれてゐた地衣類は、かはいゝ耳をひろげ、緞子のやうに厚ぼつたくなり、絹のやうに光つた。昼顔はその白い杯を縁まであふらせて、お互にぶつかりあつては、蕁草の頭の上に水をこぼした。肥つた黒い蝸牛は、心地よげに逼ひ出て、うれしさうに空をのぞいた。ところであの若者はどうしたらう？　若者は、帽子もかぶらずに夕立の中に突立つて、髪も眉毛も、目も、鼻も、口も、雨滴が叩くにまかせ、雨に向つて指を鳴らし、踊らうとでもするやうに時々片足をもち上げ、髪の毛の中に水がたまると、頭を振つては、声をはりあげて歌ふのだつた。すつかり雨に心を奪はれて、何を歌つてゐるのかも気がつかずに――

（ヤコブセン『モーゲンス』山室静訳）

純西欧的な概念にしたがえば、人間が自然を征服して自然と人間とはいつも相対立し、宗教がまた自然の諸力に対抗するために形造られていったのでありますから、純西洋的な小説にはこのような意味では人間的な自然描写はありますが、人間が自然のなかに包まれてしまったような自然描写は少く、北欧の作家やロシアの作家にかえって日本の自然描写に近いものが見出されるのは当然であります。フランスの自然主義作家たちの自然描写は、非常に技巧をこらしたものでありますが、あくまで小説という刺身のツマに作られ、自然描写が独立した力をふるうまでに至りません。

日本の小説で有名な自然描写は志賀直哉の『暗夜行路』の後篇のラストの部分でありましょう。

明方の風物の変化は非常に早かつた。少時《しばらく》して、彼が振返つて見た時には山頂の彼方《むかう》から湧上るやうに橙《だいく》色《いろ》の曙光《しよくわう》が昇つて来た。それが見る〳〵濃くなり、やがて又褪《あせ》はじめると、四辺《あたり》は急に明るくなつて来た。萱《かや》は平地《へいち》のものに較べ、短く、その所々に大きな山独活《やまうど》が立つてゐた。彼方《あつち》にも此方《こつち》にも、花をつけた山独活《やまうど》が一本づつ、遠くの方まで所々に立つてゐるのが見えた。その他《ほか》、女郎花《をみなへし》、吾亦紅《われもこう》、萱草《くわんざう》、松虫草《まつむしさう》なども萱《かや》に混つて咲いてゐた。小鳥が啼きながら、投げた石のやうに弧《ゑが》を描いてその上を飛んで、又萱《かや》の中に潜込《もぐりこ》んだ。

中《なか》の海《うみ》の彼方《むかう》から海へ突出《つきだ》した連山の頂が色づくと、美保《みほ》の関《せき》の白い燈台も陽を受け、はつきりと浮び出した。間もなく、中《なか》の海《うみ》の大根島《だいこんじま》にも陽が当り、それが赤鱏《えひ》を伏せたやうに平たく、大きく見えた。村々の電燈は消え、その代りに白い烟が所々に見え始めた。然し麓の村は未だ山の陰で、遠い所より却つて暗く、沈んでゐた。謙作は不図、今見てゐる景色に、自分のゐる此大山《だいせん》がはつきりと影を映してゐる事に気がついた。影の輪廓が中《なか》の海《うみ》から陸へ上つて来ると、米子《よなご》の町が急に明るく見えだしたので初めて気付いたが、それは停止することなく、恰度《ちやうど》地引網《ぢびきあみ》のやうに手繰《たぐ》られて来た。地を嘗めて過ぎる雲の影にも似てゐた。中国一の高山で、輪廓に張切つた強い線を持つ此山の影を、その儘、平地に眺められるのを稀有《けう》の事とし、それから謙作は或る感動を受けた。

（志賀直哉『暗夜行路』）

堀辰雄氏の『美しい村』は人物が自然の陰に、ちょうど赤い木の実が葉むらの陰に見えかくれするように見えかくれしている不思議な小説でありまして、堀氏の目を通して見られた精緻な人工的な自然が、ほとんどこの小説の音楽的主題をなしています。

その村の東北に一つの峠があつた。

その旧道には樅や山毛欅《ぶな》などが暗いほど鬱蒼と茂つてゐた。さうしてそれらの古い幹には藤だの、山葡萄だの、通草《あけび》だのの蔓草が実にややこしい方法で絡まりながら蔓延してゐた。私が最初そんな蔓草に注意し出したのは、藤の花が思ひがけない樅の枝からぶらさがつてゐるのにびつくりして、それからやつとその樅に絡みついてゐる藤づるを認めてからであつた。さう言へば、そんなやうな藤づるの多いことつたら！　それらの藤づるに絡みつかれてゐる樅の木が前よりも大きくなつたので、その執拗な蔓がすつかり木肌にめり込んで、いかにもそれを苦しさうに身もだえさせてゐるのなどを見つめてゐると、私は無気味になつて来てならない位だつた。

（堀辰雄『美しい村』）

梶井基次郎氏の小説は優れた自然描写にあふれていますが、前に引用した『蒼穹』などはその一つでありましょう。日本の文学者が、このように自然に深く没入するときには、自然描写は自ら象徴的な高まりを得て、西洋文学における人物描写に勝るとも劣らない独立した価値をもつようになりました。これは自然主義的な自然描写とまったく対蹠的なものであります。武田泰淳氏の『流人島にて』の荒々しい南海の描写は、この短篇小説全体を奔放な奇怪な南画のごときものにしています。

浜蘭の実を、岩の突端に向つて投げ散らしながら、私はともおぢへ急ぐ。すでに樹も草もない、岩石の聚落である。深く険しい岩場の裂け目へ、青い実は勢ひよくはずんでは落ちて行く。下つては登り、牙をむいて立ちはだかつては急に低まる岩層のはづれ、屈曲して互ひに寄りそつては、気むづかしく離れたがる岩脈のどこかに、毛沼は秘蔵のカヌウを納めてゐるのだ。堅固な大巌盤をいくつか越えると、出来たての岩の陳列場だつた。それは、与五郎や金次郎、又は為朝、この島の流人たち或ひは島民たちが移り住む前からしつらへられた庭、海底火山の爆発が湧き登らせた熔岩の遺跡だつた。波状の自由をあたへられた岩石。鉱物の形に押しこめられた波である。岩の峡谷の底へたどり着くと、波濤の高まりも見えなかつた。海は数重の奇岩の向う側で、残念さうにどよめくばかりだつた。濡れた砂粒が指の先から滴たらせた砂の塔。猫に喰ひ棄てられた鼠の腹部。その他、どうにでも形容できさうな、岩石部落は、自然の興奮状態を古典的な見事さで起伏させてゐた。

（武田泰淳『流人島にて』）

この小説のごときは自然描写が物語そのものよりも小説の価値を決定しているので、これはバルザックの短篇小説の自然描写が物語の効果のために集約的に使われているのとは、逆の性質のものということができましょう。

そこで問題は自然描写と小説との関係に及ぶのですが、小説はあくまでも人間関係の物語であり、小説の発生過程がそもそも反自然的なものでありますから、日本の小説が小説よりも詩に近い要素をたくさんもっていると私が前に言ったことは、こうした自然描写の特殊性にもかかってくるのであります。第一章で人物描写についていくつか引用しましたが、ある引用から読者は、あたかも人物が自然の如く描かれていると感じられたことでありましょう。人間の生活の時間的な継続、変化、破綻などのようなダイナミックな要素よりも、自然の静的な象徴的な要素の方が、日本の作家に今もなお強い吸引力をもっているのであります。私はこれが小説に対してマイナスになるとは思わず、独特な日本の小説の特殊性を作っているものだと思います。

心理描写

心理描写は平安朝の女流作家の時代から日本文学の十八番の一つでありました。しかもそれが今日言われるような心理描写とは、いろいろな意味でちがっております。日本の作家は心理と感情と情緒と気分と雰囲気と、さらにその先に続く雨や嵐や風などの自然と、そういうものを一連のものとして見る傾きがあります。心理が独立して作者の恣意に従って、あたかも心理が論理的必然をたどって進むようなフランス古典主義文学の心理描写とは、その点がちがっていると言えましょう。

しかしあくまでもそれは方法の差でありまして、人間の心理は万古不変であり、また万国共通でありますから、視角の差はあっても、日本の古典文学の発掘した人間心理の深淵は、フランス古典主義文学、例えばラシーヌの戯曲の発見した人間心理とほとんど同程度に達しております。ただ人間心理というものに対する理念の差はありますが……。

近代の心理描写の手法によらなくても、われわれは江戸時代の人情本のように二流文学や、一例が為永春水の小説とか、そういうもののなかにも遊蕩児の心理の研究によって、一つの不変の真理を発見することができます。しかし近代小説の心理描写は、もっと明瞭な意識的傾向から生れたものでありました。それは小説における新しい技法であって、日本の古典文学のように、ありのままの態度で人間の感情を微妙にとらえる文学技法とは別に、とりわけ意識的に人間の内面を追求する近代ヨーロッパの文学の手法によるものでありました。近代文学における心理小説の恰好のお手本はスタンダールであると言われていますが、われわれの前には伊藤整氏らによって紹介されたジェームズ・ジョイスの『ユリシーズ』の流れをくむアングロサクソン的心理小説と、フランス古典的伝統にのっとるフランス的心理小説と、プルーストがベルグソンの影響を受けて発明したと称される無意志的記憶に基づく心理主義文学と、三つのものが混同されて紹介されています。

さらに第四のものとしてドストエフスキーのような心理解剖小説を加えることもできましょう。人の心の動きに敏感な日本人は、ことにこれら各種の西欧の心理小説に傾倒することが多かったのであります。また一面には、心理においては人間はそれほど差がありませんから、西欧文学に味到するにはよけいな社会的習慣や西欧風俗の衣裳を取り去って、裸の人間を描いた心理小説が最も親しみやすいものでありました。

私自身はレーモン・ラディゲの小説に親しみましたが、これは先ほどの四つのうちでは第二のフランスの古典的伝統を継ぐ小説であり、『クレーヴの奥方』や『アドルフ』の系列を継ぐものであり、現在でもなおフランソワーズ・サガンの文学のなかに跡をとどめているものであります。

よく同人雑誌の小説には、一人称で書かれていながら、あやまって三人称の描写が入りまじり、「私は彼女を非常に愛していた。彼女は私のことをそれほど思っていなかったので、腹の底で笑っていた」というような人称の混淆が見られます。しかし小説はあくまで作者の基づく何らかの態度が決定されなければ、人間の心理を解明することはできません。すべてが自分ひとりの眼から描かれて、これに加うる話者の間接的な知識によって世界が描き出された小説は、プルーストの有名な『失われた時を求めて』でありますが、そこでは厳密に一人称的な心理の世界が展開されてゆきます。

これに反してラディゲの小説などでは、作者は神の位置に立って、登場人物すべては作者の意のままに、将棋の駒のように行動します。そこで心理描写には、ごく大ざっぱに分けて、主観的な心理描写と客観的な心理描写の二つあることがわかります。主観的心理描写の最高のものはプルーストでありますが、未知の不可知のものに対する不安と恐怖を描いたカフカの小説などは、そのかぎりでは象徴的な心理描写としてこの主観的な心理描写のなかに入れられてもよいと思います。

> いま述べてきたようなそんな悲しい考えを、なおも頭に思い廻らしながら、私はゲルマントの邸の中庭にはいっていた。がぼんやりしていたので一台の車の進んで

くるのが見えなかった。運転手の叫びに辛うじて身をかわしたが、勢いあまって後退りした拍子に、思わず車庫のまえのでこぼこした敷石につまずいた。ところが素早く立ち直ろうとして、前の並びからやや落ち込んでいる一つの敷石のうえに片足を置いた瞬間、私のこれまでの失望は大きな幸福感のまえに忽然と消え失せた。私の人生のさまざまな時期に、例えばバルベックの周囲を馬車で散歩したとき私のさとりをひらいてくれたように思われた樹木の眺めだとか、マルタンヴィルの鐘塔の眺めだとか、煎茶に浸したマドレーヌの味だとか、その他私の語った数多くの感覚、ヴァントゥイユの最後の作品に綜合されているように思われたあの色んな感覚の、嘗て私に与えてくれた幸福感——それと同じものが現れたのだった。あのマドレーヌを味わったときのように、将来についてのあらゆる不安、理智へのあらゆる疑惑はすっかり晴れた。たったいま、自分の文学的才能の実在と、更に文学そのものの実在とに関して、私を襲った疑惑は、魔法にかかったようになくなってしまった。さきほど、どうしても解くことのできなかった難問が、どんな新しい推論をしたのでもなく、どんな決定的な論証を見出したのでもないのに、なぜすらすらと解けてしまったか。あの煎茶に浸したマドレーヌを一口味わってみた日のように、その理由をつきとめないで打ちすてておくことは、こんどは決してすまいと心に誓った。私のいま味わった幸福感は、確かに、あのマドレーヌを食べながら味わったものと同じであった。ただあの当時は、その幸福感の深い原因を求めることを後日にゆずったのだった。喚起された心像のなかには、単に物質上の相違があるだけだ。深い紺碧の色が私の眼を酔わせ、ひやりとする、まぶしい光りの印象が、私のまわりをちらちらする。そしてそれをとらえたいという思いでいっぱいになり、丁度あのマドレーヌの舌ざわりを味わいながら思いうかんでくるものを自分のところへ引きよせようと努力したときと同じように、もう身動きもせず、さっきの姿勢のままで、片足を高まった敷石のうえに、片足を窪んだ敷石のうえにおき、無数の運転手の群を笑わせてもかまわぬ覚悟で、そのまま不安定な位置にとどまっていた。私は同じステップをただ足だけで幾度かふみ直してみたが、そのつど何も得られない。ところがゲルマントの演奏会も忘れて、足をそのように置いたままで、さっきの感覚を再び見出すことに成功したのは、またしてもまぶしい、はっきりと見えない幻像が私を掠めて、恰もこう囁いたかのように思われたときだった、――「おまえにその力があるなら私の通りがかりをつかまえよ、そして私がおまえに差し出す幸福の謎を解くことに努めよ。」とすぐに、私は認めた。それはヴェネチヤだった。苦心して描こうとした努力も、私の記憶のうつしたいわゆるスナップ・ショットも、これまで何一つヴェネチヤについては語ってくれなかったのに、嘗てサン・マルコ寺院の洗礼場の不揃いな二枚の敷石のうえで覚えた感覚が、その日その感覚と結びついていた他のすべての感覚をともなって、いまこの町を私に蘇らせたのだった。そうした感覚は、順番に列を作り、忘れられた月日の組にはいって、じっと待っていたのを、と或る突飛な偶然が、俄にせまってその列から引き出したのだ。プチット・マドレーヌの味がコンブレを思い出させたのもこれと同じだった。

（プルースト『見出された時』淀野隆三訳）

客観的心理描写は、あたかも作者が天上から覗いて、人物各人にレントゲン光線を当てて、その心理のいきちがいを描くことに興味を感ずる典型的古典的心理描写であって、ラディゲの次のような引例に見られます。

ある夜、劇場へ行く途中、フランソワはいつものように自動車の中で夫妻のあいだにはさまって腰かけていたが、すわり具合がわるく少し席をひろげようとしたとたんに、自分の片腕をドルジェル夫人の腕の下にすべりこませた。彼は自分のというよりむしろ腕そのもののやったこの動作にびっくりした。その腕をすぐひっこめることができなかった。ドルジェル夫人にはそれが機械的な動作であることがわかった。目立たせたくないので、彼女もまた腕をひっこめようとはしなかった。フランソワ・ド・セリューズはマオのこまかな心づかいを察した。そして、これにけっしてあまえてはいけないと思った。二人は、おそろしく窮屈な気持で、じっと動かずにいた。（ラディゲ『ドルジェル伯の舞踏会』生島遼一訳）

しかし問題は心理、、、、、、、、、、描写と感覚描写との境目でありまして、ラディゲのように人間を心理の元素に分解した文学は、むしろ特殊なもので、われわれ日本人は、先にも申しましたように、心理と官能や感覚との境目をはっきりさせないことが文学上の礼儀とすら考えられていました。もちろん心理の先に、さらに無意識界の広大な領域が広がっていることは、精神分析学の知識によって明らかにされましたが、古典的心理描写は、その無意識の領域を踏まえながらも、プルーストやジェームズ・ジョイスのように厖大な無意識界の力を借りずに、論理で分析できうるかぎりの心理に問題を局限するのであります。ここに最も西欧的心理描写の観念があります。そこにいくとラシーヌに学んだと言われるフランソワ・モーリヤックの心理小説などには、みごとな心理描写がちりばめられながら、どすぐろい感覚と官能とが、いつも心理の裏側に密接にくっついていることは、かえって日本人の心理描写に近いとも言えましょう。

彼女はこれ等の文字と数字を読み直す。死ぬこと。彼女は昔から死ぬのが怖かった。大事なことは、真正面から死を見つめないことである、——ただ必要かくべからざる動作をあらかじめ考へて置けばそれでいい。水を注ぎ、粉をとかしこみ、一気に飲んで、寝台の上に横になり、眼をつむる。それから先を見ようとしないこと。なぜこの眠りをほかのすべての眠り以上に怖れるのか？　からだが震へるのは、明け方が寒いからである。テレーズは階段を下り、マリの眠つてゐる部屋の前で立ちどまる。女中はけだものが唸るやうな鼾をかいてゐる。テレーズは扉をあける。鎧戸の隙間から暁の光が流れ込んでゐる。幅の狭い鉄の寝台が闇の中で白く見える。小さな二つの拳が毛布の上に置かれてゐる。まだ形のととのはぬ横顔が枕の中に溺れてゐる。この大きすぎる枕には見覚えがある。自分の枕だ。みんなの言つたことは嘘ではない。テレーズ自身の写しがそこにゐる。じつと動かず、眠りこんで。「私は出て行く、——けれども、この私自身の部分は、残る。そして、最後まで実現される筈のこの運命も。その極少の部分でさへも省かれることはないだらう。」傾向、傾き、血の法則。抗し難い法則。自暴自棄になつた人間が子供達を死の道伴れにするといふ話を、テレーズは読んだことがある。善良な人々は新聞を手からすべらせて叫ぶ。「そんなことが出来るものか！」人並の人間でないが故に、テレーズは深刻に感じる。それがあり得ることだといふことを、そして、何でもないことのために……テレーズはひざまづき、唇で投げ出されてゐる小さな片手に軽くふれる。身うちの一番奥深いところから湧いて来るものが、眼の中につき上げて来、頬を燃え上らせるのに、彼女はびつくりする。いささかの哀れな涙、一度も泣いたことのない女が！

テレーズは立ち上り、もう一度赤ん坊を眺め、それからやつと自分の部屋に帰る。コップに水を注ぎ、封蠟を破り、三つの毒薬の箱のうちどれにしようかと迷ふ。

（モーリヤック『テレーズ・デケイルゥ』杉捷夫訳）

われわれは普通、人の心を顔色や眼の色から察します。それはある場合は言葉よりも明瞭な現われであり、言葉の語り得ぬものをも眼は語ります。小説の文章は、もし心理だけに局限されるときには、すべてが人間の顔色を見るだけの文学になってしまいます。これが心理小説の陥りやすいわなであります。そこではすべてが疑惑と猜疑のなかに放り出され、最終的な確信はどこにも得られません。そうして人間は虚しく臆測と不安に生き、すべては齟齬して、人間の意志のままならぬ悲劇的結末に導かれてしまいます。ラシーヌの悲劇におけるこのような心理解剖はジャンセニスムという人間の本然的な悪を確信する陰鬱なキリスト教一派の信念に基づいて作られたものと言えましょう。ですから心理主義文学は、心理の中になんらかの生きるに足る確信を見出すことに大きい力を注がなければなりませんでした。それがドストエフスキーのあの厖大な神と人間との闘いの小説として、またマルセル・プルーストが無意志的記憶の喚起によって、恩寵に似たものをつかむ契機でもありました。

心理描写はなんと言っても映画のできた今日、映画の模して及ばぬ小説の特技でありますから、初歩の小説家ほど心理描写の危険な毒素を知らずに装飾的にこれを濫用します。ちょっとした心理描写がうまくできていると小説はうまく見えるものであります。しかし心理描写というものは、心理描写の虚しさと恐しさをいちばんよく知った人が、はじめて完全にできるものだと言えましょう。かくてある意味ではラディゲやスタンダールの小説は心理描写を主眼としながら、心理小説を超えているのであって、作者は論理的心理しか追求しないことによって、人物の浮き彫りを鮮明にし、もって小説の物語性を回復し、かえって小説に行動を復活したのであります。ラディゲの心理小説でさえ、その古典的な秩序と態度が、ある意味で人間の心理的行動の明確さをつかみ出し、それによって人間を純化し、泥沼から救い出す作業をしているとも言えましょう。ですから心理描写とは一つの逆説であって、永遠不可知の人間性に対する一つの論理的勝利なのであります。私自身の経験からいっても、文学青年時代にそういう事情を知らずに試みた心理描写が果てしれぬ泥沼に落ちていき、ときには小説の構成を不可能にしてしまった経験があります。ですからわれわれは小説を読むときに、心理描写の装飾的な面白さにとらわれてはなりません。悲しいかな現代の読者は、多少の行動性と同時に、口当りのよい甘いほどほどの心理描写を好む傾きがあります。

行動描写

心理描写が文学の特技であるとしますと、行動描写は文学の特技とは申せません。映画が現われて人間の行動を描くのに最も便利な媒体が完成しました。昔、叙事詩時代には、文学は行動を描きましたが、その行動が詩の韻律や装飾的表現や類型的な技法によって飾られて、行動全体の大きな絵巻物を描くことはできたが、行動というものの内的な本質には迫ろうとしませんでした。しかしこれが結局、文学というものの、行動に対するおのれの限界をわきまえた振舞だったのであります。

言葉は行動のあとについて行きました。叙事詩人は行動が終ったあとから出ていって、一瞬に燃えたち消える行動を後代に残すために言葉の彫刻をほる世捨人でありました。そこでは無意識に行動は様式化され、厳密に個人的行動というものは排除されました。なぜなら厳密に個性的行動などというものは叙事詩人には考えられなかったのであります。

さてもいよいよ両軍があひ進んで、一つ場所にゆき着いたとき、
たがひに皮の楯を撃ちつけ、たがひに槍や青銅の胸甲を着た
つはものどもの剛力をつがへれば、臍《ほぞ》をもつたる大楯の数は
たがひに発止と打ちあつて、夥《おびただ》しいおどろの音が湧いて上つた。
してこの際《きは》みに、殺す者らと殺されてゆく兵《つはもの》どもの、あるは呻き声、
あるは誇らしい勝名乗《かちなのり》がうち重ねられ、大地は血汐を流していつた。
さながらに、雪を融かした冬の川瀬が、二筋　山を流れ下つて、
ともども河の二俣《ふたまた》に来て　みなぎる水をぶつけあふやう、——
深いうつろな谿あひの中で、数多くの大きな源泉からの流れを——
して、その物音に、はるかの遠《をち》から、山中に居る牧人が耳をかしげる。
そのやうにも入れ交つてあひ戦ふ両軍から、叫びの声や騒ぎが起つた。

（ホメロス『イーリアス』呉茂一訳）

彼等二人、二本の卒都婆を軽々と打ちかたげ、堀のはたに突き立てゝ、先づ自讃をこそしたりけれ。「異国には烏獲《をうくわく》、樊噲《はんくわい》、吾が朝には和泉《いづみの》小次郎、朝夷奈《あさいな》三郎、

これ皆世に双《ならび》なき大力と聞ゆれども、我等が力に幾程かまさるべき。云ふ所傍若無人なりと思はん人は、寄合つて力根《ちからね》の程を御覧ぜよ」と云ふ儘に、二本の卒都婆を同じやうに、向うの岸へぞ倒しかけたりける。卒都婆の面《おもて》平《たひら》かにして、二本相幷《あひなら》べたれば、宛《あたか》も四条五条の橋の如し。爰《ここ》に畑六郎左衛門、亘理《わたり》新左衛門二人橋の爪にありけるが、「御辺達は橋渡しの判官になり給へ。我等は合戦をせん」と戯れて、二人ともに橋の上をさらさらと走り渡り、堀の上なる逆茂木《さかもぎ》共取つて引除《ひきの》け、各木戸の脇にぞ着いたりける。これを防ぎける兵ども、三方の土矢間《つちさま》より槍長刀を差出して散々に突きけるを、亘理《わたり》新左衛門、十六まで奪うてぞ捨てたりける。畑六郎左衛門これを見て、「のけや亘理殿、其の塀引破つて心安く人々に合戦せさせん」と云ふ儘に、走りかゝり、右の足を揚げて、木戸の関《くわん》の木の辺を、二踏三踏ぞ踏んだりける。余りに強く踏まれて、二筋渡せる八九寸の関の木、中より折れて、木戸の扉も屛柱も、同じくどうと倒れければ、防がんとする兵五百余人、四方に散つて颯《さつ》とひく。

（『太平記』巻第十五）

行動は外側からとらえられ、行為者自身には何かわからないものを、第三者である観察者が観察し表現するという、最初から行動と表現とが分業に分れたところに叙事詩が成立しました。これは心理描写というものの本質、作者自身が自己のなかにある心理をも文学の上に反映させる、ともすると告白的になりがちな本質とは反対なものであります。行動と行動描写とはまるで別の世界の出来事でありました。例えば、もしあなたが投槍をもってフィールドを走り出し、腕を高く挙げ、それを青空に高く投げ、その槍が自分の思うところに到達して芝生に刺さり、まだ余韻が納まらずブルブルと震えているところを見たとします。あなたは槍を投げました。もちろんそれはあなた自身の意志と神経の緊張によって行われた行為であります。またそのフォームは運動のために最高度に効果的に作られたものでありますが、しかし行為者自身は、自分では行動についてはなにも解き明すことはできません。その瞬間に行為は終り、エネルギーは消耗され、すべては時間のなかに消え去ってしまいます。残るのは記録《レコード》だけであります。しかしここに別の表現者というものがいます。表現者は行動しないで精密にその槍投げの人の姿を観察します。表現者は想像によってその槍投げをしている人の内面にはいることを避けます。何故なら槍投げしている人にもわからない内面が、第三者にわかるはずもないからであります。そこでその行動の体験は時間のなかに置き去りにされ、消え去るままに放置されて、ただ行動する人間の意欲に充ちた眼差しや、美しいフォーム、統制された力や満足の微笑などが捉えられ、さらにまわりの観客の熱狂や世界記録を破った瞬間の歴史に残るべき感動が表現されます。

行動描写とはかくのごときものであります。それは最も文学の原始的な職能である言い伝え、語り伝えという記録的な機能から発しています。そうしてそのような記録的機能に終るように宿命づけられていました。もし記録者が槍投げの人の心理の内面に入ろうとしても、それは無駄であります。いまお目にかけたホメロスの文章や、日本の戦記物の文章を読まれれば、如何に人間の行動というものが、いくつかの型しかなく、瞬間的に終る、はかないものであるかがわかるでありましょう。

しかし一見単純なこのような方法が、というよりも、文学にとって最も不得手とする行動の領域が、あまりにも心理の沼に落ちこんだ文学の病気を救う薬品として復活して来ました。アンドレ・マルロオの小説を読まれた方は、現代の行動文学というものが如何に古代の叙事詩とはちがっていながら、やはり人間性の重要な要素である行動というものに重点を置いているかを感知されるでありましょう。森鷗外は日本の作家のなかでは行動描写に非常に秀でた人でした。彼は潔癖な論理的性格をもっていたので、人間の内面にかかわる懐疑主義を軽蔑し、むしろ封建時代の武士の行動的な純潔さに愛着を感じ、『阿部一族』その他の小説を書きました。彼の『澀江抽斎』は連綿としてつきない日常瑣事の年代的叙述に充ちた退屈きわまる小説とも見えますが、ある瞬間、火花のように行動描写がほとばしって、退屈な日常のなかから人間のエネルギーが一瞬にして奔出する人生的経験をわれわれに与えます。

刀の欛《つか》に手を掛けて立ち上つた三人の客を前に控へて、四畳半の端近く坐してゐた抽斎は、客から目を放さずに、障子の開いた口を斜に見遣つた。そして妻五百の異様な姿に驚いた。

五百は僅か腰巻一つ身に着けたばかりの裸体であつた。口には懐剣を銜へてゐた。そして閾際に身を屈めて、縁側に置いた小桶二つを両手に取り上げるところであつた。小桶からは湯気が立ち升《のぼ》つてゐる。縁側を戸口まで忍び寄つて障子を開く時、持つて来た小桶を下へ置いたのであらう。

五百は小桶を持つたまゝ、つと一間に進み入つて、夫を背にして立つた。そして沸き返るあがり湯を盛つた小桶を、右左の二人の客に投げ附け、銜へてゐた懐剣を把つて鞘を払つた。そして床の間を背にして立つた一人の客を睨んで、「どろぼう」と一声叫んだ。

熱湯を浴びた二人が先に、欛《つか》に手を掛けた刀をも抜かずに、座敷から縁側へ、縁側から庭へ逃げた。跡の一人も続いて逃げた。（森鷗外『澀江抽斎』）

この一節は、それまで貞淑な妻だった五百が、封建女性の崇高なるまでの強い意志力を発揮する一瞬間を、見事に明晰に描いています。そこにはなんの修飾もなく、なんの説明もなく、行動の描写だけで小説全篇の重要なモチーフを浮かばせているのであります。

さて現代における行動とは戦争すらがボタン一つで解決のつくような時代になってきたので、もはやスポーツ以外に残されていないといっても過言ではありません。しかしスポーツの描写は難事中の難事であります。なぜならスポーツ自体が行動の芸術化であるからであります。それは人間の原始的な肉体力の修練の結果であり、昔は社会の目的意識にしたがって、戦争や闘争に使われていたエネルギーを抽象化したものだからであります。河上徹太郎氏の説によると、スポーツは反復によって修得するものであり、またその反復の喜びであるから、芸術という一回的《アインマーリヒ》な行為、決して繰り返しのきかぬ行為と根本的に矛盾があり、その芸術的表現は殆んど不可能であるというのでありますが、これはまことに至言であって、われわれは粗雑なまやかしもののスポーツ小説をたくさん読まされる結果にもなります。われわれがかりに描くことのできるのはスポーツマンの心だけであって、スポーツそのものではありません。田中英光氏の『オリンポスの果実』は、オリンピックでのボート選手のスポーツマンらしい心情を描いていますが、スポーツそのものについては、なんらわれわれに語るところはありません。しかし現代ではプロ野球のテレビに皆が熱中するように、スポーツが行動としてでなく、見るものとしてとらえられやすいので、見られたスポーツは方々の小説に出没します。しかし見られたスポーツの小説とは、行動の芸術化のまたその芸術化にほかならないのでありますから、あたかも舞台を描写するようなもので、われわれに真の感銘を与えません。

文法と文章技巧

まず人称ですが、小説は一人称か三人称で書かれるものと決まっていました。ところが最近、フランスの「反小説」と呼ばれるもののなかには、二人称の小説が出て来たそうであります。しかしこれは特殊な例で、依然として小説は一人称か三人称で書かれるものと決まっています。二人称の小説というと耳新しく聞えますが、昔からある書簡体小説は一種の二人称の小説でありましょう。しかし小説らしい人称は、やはりあくまで三人称でありまして、一人称は日記、二人称は手紙である程度満足され、われわれが三人称で文章を書くためには、日記でもない手紙でもない作品というものを書かなければならないのであります。日本語の私小説はドイツのイッヒ・ローマーンに較べられますが、本来はまったく異ったものであります。ドイツのイッヒ・ローマーンはビルドゥンクスローマーン（教養小説）の一形式であって、私なる人物の精神発展を小説の要素としたものであります。しかし日本の私小説は、精神的発展などには頓着しません。それはスタティック（静的）な私なる眼ないし感覚の見た世界の描写であり、私の目がとぎすまされ、感覚が修練されればされるほど、その小説の世界は狭まり限定されます。そうして精神的発展のかわりに、むしろ伊藤整氏によって詳細な解説がなされたように、人生の演技化が残り、作者の精神と人生は混同して来て、小説のために人生を破壊するところまで行くのであります。しかし私小説の伝統は根強いもので、それは作家の精神的態度ばかりでなく文学技法のうちにも深く浸みこんでいますから、私自身の経験を言っても、小説の主人公を「彼」と書いても「私」と書いても、同じように思われながら、実は「彼は」と書くと文章が浮きあがるような懸《け》念《ねん》におそわれ、「私は」と書くと、それだけで文章が厳密に定着されたような感じを抱くことさえあります。これは小説上の約束というものが如何に深く作家をしばっているかを示す一例でありましょう。

日本語は人称をはぶくことの容易な文章でありまして、『源氏物語』の如きは、どれが主語であるか、曖昧になってしまうような箇所がいくらもあるので、私小説の場合は、一度私というものが定着されれば、ほとんど無限に人称をはぶいても読者にはよくわかります。それは「彼」であっても同様であって、第三人称まで人称をどんどんはぶいて行く簡潔な文章技法は、暗黙のうちに彼を私と混同させ、社会関係や人間関係の犠牲において、小説を読者の精神世界に密着させる働きをします。

顔を急いで洗つて、部屋に這入つて見ると、綺麗に掃除がしてある。目はすぐに机の上に置いてある日記に惹かれた。きのふ自分の実際に遭遇した出来事よりは、それを日記にどう書いたといふことが、当面の問題であるやうに思はれる。記憶は記憶を呼び起す。そして純一は一種の不安に襲はれて来た。それはきのふの出来事に就いての、ゆうべの心理上の分析には大分行き届かない処があつて、全体の判断も間違つてゐるやうに思はれるからである。夜の思想から見ると昼の思想から見るとで、同一の事相が別様の面目を呈して来る。

ゆうべの出来事はゆうべ丈の出来事ではない。これから先きはどうなるだらう。自分の方に恋愛のないのは事実である。併しあの奥さんに、もう自分を引き寄せる力がないかどうだか、それは余程疑はしい。ゆうべ何もかも過ぎ去つたやうに思つたのは、瘧《おこり》の発作の後に、病人が全快したやうに思ふ類ではあるまいか。又あの謎の目が見たくなることがありはすまいか。ゆうべ夜が更けてからの心理状態とは違つて、なんだかもう少しあの目の魔力が働き出して来たかとさへ思はれるのである。

（森鷗外『青年』）

この鷗外に学んで私は、かえって小説を書くときには、努めて人称をはぶくように気をつける場合があります。

次に私が森鷗外に学んだのは擬音詞（オノマトペ）を節約することであります。だいたい関西の人の方が、東京の人と比べると日常会話にも擬音詞をよく使います。

ぼんやりした顔をぬつと突き出して帰つてきたところを、いきなり襟を摑んで突き倒し、馬乗りになつて、ぐい〳〵首を締めあげた。「く、く、るしい、苦しい、をばはん、何すんねん」と柳吉は足をばたばたさせた。蝶子は、もう思ふ存分折檻しなければ気がすまぬと、締めつけ〳〵、打つ、撲る、しまひに柳吉は「どうぞ、かんにんしてくれ」と悲鳴をあげた。蝶子はなか〳〵手をゆるめなかつた。妹が婿養子を迎へると聴いたくらゐでやけになる柳吉が、腹立たしいといふより、むしろ可哀想で、蝶子の折檻は痴情めいた。隙を見て柳吉は、ヒーヒー声を立てゝ階下へ降り、逃げまはつた揚句、便所の中へ隠れてしまつた。

（織田作之助『夫婦善哉』）

擬音詞は日常会話を生き生きとさせ、それに表現力を与えますが、同時に表現を類型化し卑俗にします。鷗外はこのような擬音詞の効果を嫌って、その文章は最も擬音詞の少いものであります。それが鷗外の文章の格調をどれほど高めているか知れません。大衆小説などにいまだに使われている手法に、「そうですか。アハハ……」というような笑声の擬音詞があります。いまではそんな手法の子供らしいことはだれも気づいていることでしょう。「玄関のベルがチリリンと鳴った」「開幕のベルがジリジリジリと鳴って、芝居が始った」子供はこういう文章を非常に使いたがります。

擬音詞の第一の特徴は抽象性がないということであります。それは事物を事物のままに人の耳に伝達するだけの作用しかなく、言語が本来の機能をもたない、堕落した形であります。それが抽象的言語の間に混ると、言語の抽象性を汚し、濫用されるに及んでは作品の世界の独立性を汚します。ただ子供の文章と女性の文章にはそれが多いので、ことに女性の作家では如何にも巧みな擬音詞の使い方によって、女性独特の感覚的、具体的世界を読者に伝える場合があります。

鋸山ががた／＼と云ふあひだへ、きん／＼した勝代の声が短く挟まつて、鈍感な豚を錐で突《つ》ついて檻へ追ひこむ感じだ。鋸山はいらだつてだん／＼と凄んで行き、筋書どほりである。そしておそらく予定の待ち人である巡査が来た。玄関の沸騰はしゆうんとなる。そしても一度激して行つた。男、男、勝代、三人のスタッカットのやうな短いやりとりが交《かは》された。

　梨花は勝代の声を聞くに忍びないあせりから、ばけつと箒を取つて二階の掃除へ逃れようとする。泊り客が来てゐるといふ今さつきの主人の口うらなどすつかり忘れて、高窓へばん／＼とはたきをかける。ついで往来へ向いた九尺四枚をばんと敲く。敲いてからつと明けると、これは又どうしたことだ。お向うの鶴もとの玄関にも勝手口にも背広の男たちが寄せかけて、その人たちの乗つて来たらしい自転車がものものしく往来に置かれてゐる。

（幸田文『流れる』）

かくのごときは女性が自分の感覚的真実を人に伝えるためにやむなく用いた暴力的手段とも言うべきで、幸田氏のようにそれが特異な文体の中に織りこまれていると、われわれは少しもいやな感じがしないで、むしろ幸田氏自身の個性の肌に、じかに接したような思いがするのであります。しかし文章の上から言って、作者の個性の肌の温かみにじかに触れるような文章が、いい文章であるかどうかということについては疑問の余地があります。もちろん幸田氏はその擬音の一つ一つにも独特な神経を行届かせているので、決して「玄関のベルがチリリンと鳴った」というような文章は書きません。

擬音詞は各民族の幼時体験の累積したものというべきであります。日本の猫はニャオと鳴き、西洋の猫はミャアオと鳴きます。ミャアオをニャオと翻訳すれば、それだけで一つの民族の幼時体験が、われわれの民族の幼時体験に移されます。こんな理由で擬音詞を濫用した翻訳は、非常に親しみやすいうまい翻訳に見えますが、上等の翻訳でないことは言うまでもありません。

次に形容詞の問題ですが、形容詞は文章のうちで最も古びやすいものと言われています。なぜなら、形容詞は作家の感覚や個性と最も密着しているからであります。鷗外の文章が古びないのは形容詞が節約されているためでもあります。しかし形容詞は文学の華でもあり、青春でもありまして、豪華なはなやかな文体は形容詞を抜きにしては考えられません。それは同時に、「のように」というような言葉を伴った比喩的表現と親しい関係にあり、岡本かの子氏の文章などは形容詞と比喩の花園であります。

桂子はこの鋼鉄の廊門のやうな堅く老い黝《くろ》ずんだ木々の枝に浅黄色の若葉が一面に吹き出てゐる坂道に入るとき、ふとゴルゴンゾラのチーズを想ひ出した。脂肪が腐つてひとりでに出来た割れ目に咲く、あの黴の華の何と若々しく妖艶な緑であらう。世の中には殆ど現実とは見えない何とも片付けられない美しいものがあると桂子は思つた。

桂子は一人になつて寂しい所を歩いてゐると、チーズのやうな何か強い濃厚《しつこ》いものが欲しくなつた。講習所の先生として、せん子などを相手にお茶請けを麦落雁ぐらゐな枯淡なもので済ます時の自分を別人のやうに思ふ。外国へ行つてから向うの食物に嗜味を執拗にされたためであらうか。

雨は止んで、日ざしが黒薔薇色の光線を漏斗形に注ぐと、断れ断れに残つてゐる茨垣が急に膠質の青臭い匂ひを強く立てた。桂子は針の形をしてゐながら、色も姿も赤子のやうに幼い棘の新芽を、生意気にも可愛らしく思つた。

（岡本かの子『花は勁し』）

われわれは翻訳文の、一つの名詞に対して多数の形容詞と形容句を伴う文体に、だんだんなれてきました。たとえば「やさしい美しい人」というような単純な日本語の表現から、「それは如何にも心を締めつけるような、陰鬱な、それでいてどことなく人をひきつけて放さぬような、暗い、幻惑的な、情緒の奥底から、なお人をめざめさせる力をもっている、あやしい、荒寥たる風景であった」というような文章に至るまで形容詞と形容句の連続による複雑な文体は徐々にわれわれのものとなってきておりますす。そうしてこの後者のような文体を、新人の小説に見出しても、われわれは別に驚きません。このようなものの最も端的な表現がプルーストの文章なのであります。プルーストが祖母の部屋に当る日光の光線の微妙な変化を描いているのをごらんなさい。

祖母の部屋は、私の部屋のように直接海に面してはいないが、三つの異なった方角から、即ち堤防の一角と、中庭と、野原とから、そとの明りを受けるようになっており、かざりつけも私の部屋と違って、金銀の細線を配し薔薇色の花模様を刺繍した何脚かの肱掛椅子があり、そうした装飾からは、気持のいい、すがすがしい匂いが、発散しているように思われ、部屋にはいるときにいつもそれが感じられるのだった。そして、一日のさまざまな時刻から集まってきたかのように、異なった向きからはいってくるそうしたさまざまな明りは、壁の角《かど》をなくしてしまい、ガラス戸棚にうつる波打際の反射と並んで、箪笥の上に、野道の草花を束ねたような色どりの美しい休憩祭壇を置き、いまにも再び飛び立とうとする光線の、ふるえながらたたまれた温かい翼を、内壁にそっとやすませ、太陽が葡萄蔓のからんだように縁取っている小さい中庭の窓のまえの、田舎風の四角な絨毯を温泉風呂のように温かくし、肱掛椅子からその花模様をちらした絹をはがしたり飾り紐を取りはずしたりするように見せながら、家具の装飾の魅力や複雑さを却って増すのであるが、丁度そんな時刻に、散歩の仕度の着換えのまえに一寸横切るその部屋は、外光のさまざまな色合を分解するプリズムのようでもあり、私の味わおうとしているその日の甘い花の蜜が、酔わすような香気を放ちながら、溶解し、飛び散るのがまざまざと目に見える蜜蜂の巣のようでもあり、銀の光線と薔薇の花びらとのふるえおののく鼓動のなかに溶け入ろうとしている希望の花園のようでもあった。

（プルースト『花咲く乙女たち』井上究一郎訳）

それから……いま書いた「それから」もその一つですが、「さて」とか「ところで」とか「実は」とか「なんといっても」とか「とは言うものの」とか、そういう言葉を節の初めに使った文章は、如何にも説話体的な親しみを増しますが、文章の格調を失わせます。大岡昇平氏は、ほとんどこの種の言葉を行の初めに使わず、主語からはじめてぶっきら棒な、かつ明晰な効果を出しています。かりに大岡昇平氏の『俘虜記』の中から任意の数頁を取り出して、その各段落の冒頭の言葉を続けて引いてみましょう。

「名誉心……」
「例へば……」
「周知のやうに……」
「増田伍長……」
「しかし……」

「今日、多くの……」
「或るレーテの俘虜は……」
「一月二十四日……」
「人間に関する限り……」
「戦場の事実に関する限り……」
「彼は……」
「彼の分隊は……」
「増田伍長の話によると……」
「ところが……」

これだけ続いて四頁の終りにやっと「ところが……」という段落が出て来ます。氏が意識的に説話的手法を避けていることは、これで明瞭でありましょう。

第八章　文章の実際——結語

私はひとりの小説家であります。机に向っています。空中の窒素と酸素を化合させて、ある種の薬品を作る人のように、私はなんにもない空中からなんらかの元素を抽出して、それを文章に固定します。これをもう十何年も続けているのですが、いまだにその技術には出来、不出来があり、楽々と書けることもあれば、書けないこともあります。さまざまな肉体的精神的コンディションが私を掣肘し、さまざまな文学的理念や夢や現実が私を押しひしぎ、一行の文章にも多くの芸術的、社会的、歴史的要請がひっかかり、私の筆を渋滞させます。

よく素人から聞かれることは、あなたの文章のスピードはどのくらいかということであります。現在月一千枚書いている作家もいるそうでありますし、また月三十枚も書けないという人もおります。一晩に百枚書ける人もいれば、一晩に一枚も書けない人もいます。故神西清氏の如きは五枚足らずの文章を編集者が催促して、とうとう書き上げるまでに数年間を要しました。私のことを聞かれると、平均して月百枚という以上には何も言えません。その百枚のなかには雑文もあり、小説もあり、戯曲もあって、筆の速度も一様でなく、その百枚から平均速度を割り出してもなんにもなりません。気違いになったかと思うほど感興が湧いて一晩に十数枚も書けることもあれば、一晩坐っていて一枚も書けないこともあります。たくさん書けても少く書けても別に作家の自慢にはなりません。谷崎潤一郎氏が『盲目物語』を書いたときには、あの二百数十枚の小説を、ほぼ一日に一、二枚ずつしか進まない速度で、高野山にこもって書き上げたといいますが、氏の一見流暢な文章が、如何に苦心惨憺して書かれているかがこれでわかります。

文章の不思議は、大急ぎで書かれた文章がかならずしもスピードを感じさせず、非常にスピーディな文章と見えるものが、実は苦心惨憺の末に長い時間をかけて作られたものであることであります。問題は密度とスピードの関係であります。文章を早く書けば密度は粗くなり、読む側から言えばその文章のスピードは落ちて見えます。ゆっくり書けば当然文章は圧縮され、読む側から言えば文章のスピードが強く感じられます。

私は最も迅速なスピードをもった文章は、ジャン・コクトオの『山師トマ』と『大股びらき』の文章ではないかと思いますが、その文章の密度のもつ迅速なスピード感は、翻訳からもありありとうかがわれます。日本文学の例では、さっき引用した『澀江抽斎』の一節などはスピード感のある文章の代表ということができましょう。

冷たい夜は、星と、白く光る照明弾とに鏤められていた。ギヨムは初めて、たった独りの自分を見出した。最後の幕が上るのである。小児とお伽芝居が混り合うのだ。ギヨムが遂に恋を知るのである。

廻り道をする代りに、彼は最前線の胸壁を伝って埋立地まで行った。そこからは這う必要があった。ブルウイユと彼は、こんな赤色人種的な実習に秀れていた。

数メートル行くと、彼は死骸に一つ行き当った。

一つの霊魂が訳もなく大急ぎでこの肉体を棄て去っていた。彼はもの珍しそうな冷たい眼でこれを調べた。

彼は道を続けた。また他の死骸に出会った。今度のは虐殺されて、酔っぱらいに脱ぎ棄てられたカラーや、靴や、ネクタイや、ワイシャツのように投げ出されてあった。

泥が四足で這うことを困難にした。泥は時々歩行を天鵞絨まがいにしたり、また時として、乳母のような大きな接吻で引き止めようとしたりする。

ギョムは立ち止り、待ち、それからまた動きだすのであった。彼は此処では全力を尽して生きていた。

アンリエットのことも、ド・ボルム夫人のことも考えてはいなかった。その時、不意に、ド・ボルム夫人の映像《イマージュ》が彼の心に現われた。

交通壕の此の辺の場所は、水雷のために元の姿を留めていないが、四、五日前、夫人が胸さわぎを訴えた場所であることを彼は憶い出したのだ。

――とにも角にも、と彼は心の中でいった。我々の運が良かったのだ。この防禦区は平穏すぎると何時も皆で思っていたが、公爵夫人は我々よりずっと先のことを嗅ぎ出していたのだ。この塹壕の破滅を彼女は予感していたといってもいいのだ。

（ジャン・コクトオ『山師トマ』河盛好蔵訳）

私は文章をあとから訂正するということをしません。出来上った文章は、私のそれぞれの年代、それぞれの時代の考え、感じたことの真実を現わしているので、それを時がたってから修正することは不可能だと考えるからであります。私にとっては推敲は、原稿用紙一枚一枚の勝負です。そうして原稿用紙の一枚のなかで文章が行儀よく納り、一定の密度をもち曖昧な部分がなければ、それで次に進みます。

私は短篇小説ばかり書いていたときには、文章のなかに凡庸な一行が入りこむことがひどく不愉快でした。しかしそれは小説家にとって、つまらない潔癖にすぎないことに気がつきました。凡庸さを美しく見せ、全体の中に溶けこますことが、小説というこのかなり大味な作業の一つの大事な要素なのであります。「月が上った。屋根のひさしが明るくなった。二人は散歩に出た」というような文章を書くときに、以前の私なら、そこへさまざまな自分の感覚的発見をちりばめることなしには書くことができなかったでありましょう。月には形容がつき、ひさしの明るさには、ひさしの明るさ独特の色調の加減が加味されたでありましょう。しかし私はいまやそういうところに労力を惜しんで、むしろ自然な平坦な文章のところどころに結び目をこしらえることに熱中します。あまり結び目が多すぎては、その文章をのみこむのに喉につかえると思うからであります。そうして私は、文章があまりに個性的な外観をもつことを警戒します。そうすれば、読者は作者の個性にばかり気をとられて物語を読まないからであります。

私はまた、二、三行ごとに同じ言葉が出て来ないように注意します。一例が、まえに「病気」と書いたときは、次には「やまい」と書こうとします。また古い支那の対句の影響が、私のうちに残っていて、例えば「彼女は理性を軽蔑していた」と書くべきところを、「彼女は感情を尊敬し、理性を軽蔑していた」というように書くことを好みます。これは私のネクタイの好みのようなもので、変えることができません。

私はまた行動描写を簡潔にすます目的で、その前に長い準備的な心理描写や風景描写をすることがあります。それぞれの目的にしたがって、文章の苦心はさまざまな形をとるのであります。

文章のなかに一貫したリズムが流れることも、私にとってどうしても捨てられない要求であります。そのリズムは決して七・五調ではありませんが、言葉の微妙な置きかえによって、リズムの流れを阻害していた小石のようなものが除かれます。わざと小石をたくさん流れに放りこんで、文章をぎくしゃくさせて印象を強める手法もありますが、私はそれよりも小石をいろいろに置きかえて、流れのリズムを面白くすることに注意を払います。西田幾多郎氏の文章のもっていたような、漢字とドイツ語との折衷された文章の音楽的響きは、如何にも私にはなつかしいものであります。それは古い音楽のように、いつも私の心にふれます。リラダンの文学はワグナーの音楽を髣髴させるそうでありますが、私は文章の視覚的な美も大切だが、一種の重厚なリズム感に感動しやすい性質をもっています。しかしワグナー的文体などは、いくら私が試みても模して及ばぬものであることは明白であります。

前日書いた文章を読みなおしてみると、自分が肉体的精神的に最上のコンディションにあって一種の興奮のうちに書いた文章には、二度とかえらぬ熱っぽさが溢れています。長い小説を書いている場合、そういう熱っぽさの次にだらけた心境で文章を続けようと思ったときほど苦痛なことはありません。しかし長い眼で見ると、人間の内的なリズムは、無意識のうちに持続しているのであって、そのあいだには大いに凸凹があり、緻密と粗雑のちがいがあるように見えても、あとで自分の作品を読みかえして見ると、だいたい同じリズムで起伏していることがわかります。作品を長く書いていると、その作品のもっているリズムが、いつか自分のものとなってくるのかもしれません。

私はまた途中で文章を読みかえして、過去形の多いところをいくつか現在形になおすことがあります。これは日本語の特権で、現在形のテンスを過去形の連続の間にいきなりはめることで、文章のリズムが自由に変えられるのであります。日本語の動詞がかならず文章のいちばん後にくるという特質（倒置法を除く）によって、過去形のテンスが続く場合には「……した」「……た」「……た」という言葉があまりに連続しやすくなります。そのために適度の現在形の挿入は必要であります。

また私は『潮騒』のように物語的小説では「……であった」という語尾をたびたび使いました。この言葉は物語的雰囲気を強めます。しかしリアリズムの小説に「……であった」がたくさん使われると、内容をあまりにロマネスクに見せすぎるきらいがあります。私は堀口大学氏のラディゲの小説の翻訳にかぶれて「……するのだった」というパセティックな物語的文体の影響を受けすぎたので、いまではそれを恥かしく思っています。

いつか大岡昇平氏とも話したことがありますが、「彼」とは書きやすいが、「彼女」とは書きにくい、「彼女」という言葉は日本語としてまだ熟していないものをもっていて、「彼女」が無神経に濫発される小説を読むと、私は眉をしかめます。

そこで女性の登場人物の場合には、私は努めて女性の名前を何度でも繰り返して使って、なるべく彼女という言葉を使うことを避けるようにいたします。ついでながらこういう言葉の神経は、各人独特なもので、私は小説ではない随想の文章に、「僕」と書くことを好みません。「僕」という言葉の、日常会話的なぞんざいさと、ことさら若々しさを衒ったような感じは文章の気品を傷うからであります。私は「僕」という言葉は公衆のまえで使う言葉とは思いません。それは会話のなかだけで使われるべき言葉でありましょう。

もちろん文章の目的によって、われわれの言葉の感覚はさまざまの変化をします。例えば小説のなかで、私は映画俳優の名前を出すことを好みません。なぜなら今日のマリリン・モンローは、十年後には誰かわからなくなってしまうからであります。私の文章が来年亡びるとしても、少くとも十年先を考えなければ文章を書く楽しみがありません。そこで、もし「マリリン・モンローのような女」ということを小説に書けば、十年後、その女の概念は読者になにもつかめなくなってしまうでありましょう。しかし、こういう潔癖さは小説作品のなかで、あるいは戯曲のなかでだけ発揮されるのであって、随想や随筆や雑文の文章のなかで映画俳優の名前を出すまいと思ったら、それは無理というものであります。

私は小説家でありますから、小説以外の評論や随想の文体はどうしてもおろそかになります。そうして私の好みや潔癖さを捨て、俗語も使いますし、ときにはわざとふざけた、くだけた表現も使います。その代り論理的に正確であるように心がけ、作家としての論理に対してもつ、ある気恥かしさから、わざと卑俗なくだけた表現をそれにくっつけて使うこともあります。

私はこうして文章を書いていますが、去年書いた文章はすべて不満であり、いま書いている文章も、また来年見れば不満でありましょう。それが進歩の証拠だと思うなら楽天的な話であって、不満のうちに停滞し、不満のうちに退歩することもあるのは、自分の顔が見えない人間の宿命でもあります。自分の文章の好みもさまざまに変化して行きますが、かならずしも悪い好みから良い好みに変化してゆくとも言いきれません。それでもなおかつ現在の自分自身にとって一番納得のゆく文章を書くことが大切なのであります。

私はブルジョア的嗜好と言われるかもしれませんが、文章の最高の目標を、格調と気品に置いています。例えば、正確な文章でなくても、格調と気品がある文章を私は尊敬します。現代の作家の中でも私は自分の頑固な好みにしたがって、世間の評価とはまったくちがった評価を各々に下しています。日本語がますます雑多になり、雑駁になり、現代の風潮にしたがって与太者の言葉が紳士の言葉と混りあい、娼婦の言葉が令嬢の言葉と混りあうようなこの時代に、気品と格調ある文章を求めるのは時代錯誤かもしれませんが、しかし一言をもって言い難いこの文章上の気品とか格調とかいうことは、闇のなかに目がなれるにしたがって物がはっきり見えてくるように、かならずや後代の人の眼に見えるものとなることでありましょう。

　具体的に言えば、文章の格調と気品とは、あくまで古典的教養から生れるものであります。そうして古典時代の美の単純と簡素は、いつの時代にも心をうつもので、現代の複雑さを表現した複雑無類の文章ですら、粗雑な現代現象に曲げられていないかぎり、どこかでこの古典的特質によって現代の現象を克服しているのであります。文体による現象の克服ということが文章の最後の理想であるかぎり、気品と格調はやはり文章の最後の理想となるでありましょう。

附　質疑応答

一、人を陶酔させる文章とはどんなものか

一点の色を注ぎ込むのも、彼に取つては容易な業《わざ》でなかつた。さす針、ぬく針の度毎に深い吐息をついて、自分の心が刺されるやうに感じた。針の痕は次第々々に巨大な女郎蜘蛛《ぢよらうぐも》の形象《かたち》を具《そな》へ始めて、再び夜がしらしらと白み初《そ》めた時分には、この不思議な魔性の動物は、八本の肢《あし》を伸ばしつゝ、背一面に蟠《わだかま》つた。

春の夜は、上り下りの河船《かはふね》の櫓声《ろごゑ》に明け放れて、朝風を孕《はら》んで下る白帆の頂から薄らぎ初める霞の中に、中洲、箱崎、霊岸島の家々の甍《いらか》がきらめく頃、清吉は漸く絵筆を擱《お》いて、娘の背に刺り込まれた蜘蛛のかたちを眺めて居た。その刺青こそは彼が生命のすべてゞあつた。その仕事をなし終へた後の彼の心は空虚《うつろ》であつた。

（谷崎潤一郎『刺青』）

谷崎氏の初期の文章はまことに人を陶酔させる文章でした。ここには上等なとろりとしたお酒の味わいがあります。それは目を楽しませ、人をあやしい麻薬でもって現実や理性から背けさせます。ところで文章というものは、どんなに理性的な論理的文章であっても、人をどこかで陶酔にさそうような作用をもっているものであります。われわれは哲学者の文章に酔うことすらできます。ただ酔いにもカストリの酔いや上等の酒の酔い、各種あるように、またスイートな酒からドライな酒までいろいろあるように、低級な読者は低級な酒に酔い、高級な読者は高級な酒に酔います。自分を酔わせてくれない文章が、人を酔わせることも十分あります。ただ文章にはアルコールのように万人を酔わせる共通の要素がないだけであります。

二、エロティシズムの描写はどこまで許されるか

『チャタレイ夫人』のリアリズム描写がたいへんな評判になり、ついには訴訟に発展し、発禁になりました。ローレンスは性行為を描写するために描写したのではなく、彼の思想を表明する手段として、それをしたにすぎません。たまたま同人雑誌をひも

とくと、そこには猥褻な下手くそな性交描写がたくさん出てきます。河上徹太郎氏の説によると、性行為はスポーツと同じで、反復によって修熟し、反復のうちに快楽を見出す性質のものであって、ともに内的特質を文章に表現することは不可能だというのですが、これは如何にも至言であって、性行為そのものを描写したよい文章というものはありません。これは行動の描写のところで私がくわしく説明したのと同じ原理であります。

先代梅幸が舞台で一間《ひとま》に入って、男と寝たあとで帯の結び方を変えて出て来たということがありますが、これは性行為の芸術的暗示の美しい例でありましょう。むしろ具体的な性交描写はちっとも猥褻ですらない。文学からわれわれの受けるエロティックな感動は、いちおう頭脳を理性を通したもので、本質上観念的なものでありますから、文章からわれわれが直接の性感動を受けるというのではなく、観念的な性の刺戟を受けるわけであります。自己の主体が没入しないで、観念だけが刺戟される状態、つまりかくれて節穴からのぞくように、他人の性行為を見る楽しみがすなわち猥褻であるとサルトルは定義します。文章は抽象的であればあるほど猥褻に近づくのであります。この確信のもとに、ラクロは『危険な関係』という抽象的小説を書き、観念的なものが一番猥褻であるという真理を実証しました。

ですからもし法律と民衆がもっと聡明であったら、チャタレイを罰するより先に『危険な関係』を罰するでありましょう。しかし、その猥褻さは高度の理知を媒介にした猥褻さでありますから、一般性がないだけであります。

三、文は人なりということは?

この古い格言は最終的には真理です。私は「川端康成論」でそういうことを書き、結局、作家の文章ないし作家の作品というものは、知らず知らずに作家の生活と近似形を描いてくるということを書きましたが、ヴァレリーもあの有名な箴言で、作家はむしろ作品の結果であるといっております。そこで文章が作家と一体になったときに、初めて文章と言えるのであって、ごく低い段階では文は人なりということはできません。一般の人はごく低俗な心情の持主が品のよさそうな文章を書くこともできますし、言葉は誰の眼にも自在にあやつれるものの如く映っております。

四、文章は生活環境に左右されるかどうか

文章はこの文章読本の目的がそうであるように、長い修練と専門的な道程を要します。人は行動しつつ、同時に書くことはできません。言葉は必ず行動のあとにくるのであります。われわれの生活環境は、ますます現代の機械化に追いこまれて、粗雑な文章の生れやすいようになってゆきます。その一例が新聞記者の書いた文章を読まれれば明瞭でありましょう。しかしそれは文章が生活環境に左右されるかどうかという問題よりも、文章を作るという決意と理想の問題であります。例え台所の仕事の片手間でも、あるいは忙しい会社の仕事の片手間にしても、もしその人が文章の本当の理想とよい趣味を失わないならば、最後的に生活環境に左右されるということは言えません。でありますから、私は労働者の文章とか生産者の文章とか文章による階級的区分けによって文章を評価してゆく一部の風潮に反感を感じます。

五、動物を表現した良い文章

これは誰に聞いても志賀直哉氏の『城の崎にて』をあげるのが常識になっています。

段々と薄暗くなつて来た。いつまで往つても、先の角《かど》はあつた。もうここらで引きかへさうと思つた。自分は何気なく傍《わき》の流れを見た。向う側の斜めに水から出てゐる半畳敷程の石に黒い小さいものがゐた。蠑螈《ゐもり》だ。未だ濡れてゐて、それはいい色をしてゐた。頭を下に傾斜から流れへ臨んで、凝然《ぢつ》としてゐた。体から滴《したた》れた水が黒く乾いた石へ一寸程流れてゐる。自分はそれを何気なく、踞《しやが》んで見てゐた。自分は先《せん》程蠑螈《ゐもり》は嫌ひでなくなつた。蜥蜴《とかげ》は多少好きだ。屋守は虫の中でも最も嫌ひだ。蠑螈《ゐもり》は好きでも嫌ひでもない。十年程前によく蘆の湖で蠑螈《ゐもり》が宿屋の流し水の出る所に集つてゐるのを見て、自分が蠑螈《ゐもり》だつたら堪らないといふ気をよく起した。蠑螈《ゐもり》に若し生れ変つたら自分はどうするだらう、そんな事を考へた。其頃蠑螈《ゐもり》を見るとそれが想ひ浮ぶので、蠑螈《ゐもり》を見る事を嫌つた。然しもうそんな事を考へなくなつてゐた。自分は蠑螈《ゐもり》を驚かして水へ入れようと思つた。不器用にからだを振りながら歩く形が想はれた。自分は踞《しやが》んだまま、傍《わき》の小鞠程の石を取上げ、それを投げてやつた。自分は別に蠑螈《ゐもり》を狙はなかつた。狙つても迚も当らない程、狙つて投げる事の下手な自分はそれが当る事などは全く考へなかつた。石はこツといつてから流れに落ちた。石の音と同時に蠑螈《ゐもり》は四寸程横へ跳んだやうに見えた。蠑螈《ゐもり》は尻尾を反らし、高く上げた。自分はどうしたのかしら、と思つて見てゐた。最初石が当つたとは思はなかつた。蠑螈《ゐもり》の反らした尾が自然に静かに下りて来た。すると肘を張つたやうにして傾斜に堪へて、前へついてゐた両の前足の指が内へまくれ込むと、蠑螈《ゐもり》は力なく前へのめつて了つた。尾は全く石についた。もう動かない。蠑螈《ゐもり》は死んで了つた。自分は飛んだ事をしたと思つた。虫を殺す事をよくする自分であるが、其気が全くないのに殺して了つたのは自分に妙な嫌《いや》な気をさした。素より自分の仕た事ではあつたが如何にも偶然だつた。蠑螈《ゐもり》にとつては全く不意な死であつた。自分は暫く其処に踞《しやが》んでゐた。蠑螈《ゐもり》と自分だけになつたやうな心持がして蠑螈《ゐもり》の身に自分がなつて其心持を感じた。可哀想に想ふと同時に、生き物の淋しさを一緒に感じた。自分は偶然に死ななかつた。蠑螈《ゐもり》は偶然に死んだ。自分は淋しい気持になつて、漸く足元の見える路を温泉宿の方に帰つて来た。遠く町端れの灯《ひ》が見え出した。死んだ蜂はどうなつたか。其後《ご》の雨でもう土の下に入つて了つたらう。あの鼠はどうしたらう。海へ流されて、今頃は其水ぶくれのした体を塵芥《ごみ》と一緒に海岸へでも打ちあげられてゐる事だらう。そして死なゝかつた自分は今かうして歩いてゐる。さう思つた。自分はそれに対し、感謝しなければ済まぬやうな気もした。然し実際喜びの感じは湧き上つては来なかつた。生きて居る事と死んで了つてゐる事と、それは両極ではなかつた。それ程に差はないやうな気がした。もうかなり暗かつた。視覚は遠い灯《ひ》を感ずるだけだつた。足の踏む感覚も視覚を離れて、如何にも不確だつた。只頭だけが勝手に働く。それが一層さういふ気分に自分を誘《さそ》つて行つた。

（志賀直哉『城の崎にて』）

これは全く即物的に動物を描写したものですが、即物的に描写することによって象徴に達するということは日本文章の極意とされていました。ただこのごろの大江健三郎氏の文章のように、動物に対する人間の働きかけが、性的対象に対する働きかけの如く描かれている文章も、動物の一種の美しさを表現しています。

ほの白くあかるんでいる夜の空から鳩舎にたてられた灰色の布きれの旗がはためきながら急にうかびあがって来るようだった。その細い旗ざおの下にある鳩舎、背が高く痩せた人間のように貧弱な鳩舎は暗がりにひそんで見えなかった。僕は殆ど這って進んだ。

門衛の宿舎の低い張り出し窓の下をくぐりその向うの暗い空間へ背を伸ばそうとした時、鳩のたどたどしい羽ばたきが僕におそいかかったのだ。唇を嚙みしめ、背を羽目板におしつけて首を覗かせると、陽に灼け雨にさらされて変色したトタン板の箱のそりかえった狭い金あみのあいだをうごめくものが見えた。僕は不意のおびえに躰を凍えさせた。小さく黒っぽい影にくまどられた人間の掌がしっかり拡げられゆらめいている。そして鳩舎を支える木枠の下の半ズボンをはいた細くひよわい子供の足。押しころされた叫びが喉のなかで溶け、喚きながら逃げ出したい狂気のような発作が急激におさまっていった。

そして僕は金あみの間へさしこまれた黒っぽい掌が、暗い隅で羽ばたくために翼を大きくひろげようとする鳩の躰をしっかり握りしめ痙攣するように力をこめるのを見た。あわただしく引っこめられる掌から、鳩の優しい灰青色の頸のふくらみが、褐色の夜の空気へこぼれるようにあふれ、ぐったりたれていた。僕は宿舎の羽目板から背をひきはなし一歩前へ踏み出た。情事のあとのセクスのように力なく縮小した鳩の死骸を片手に握りしめたまま院長の養子が驚愕に唇を開き、僕に睨みつけられて動くことさえできない。怒りが湧きおこってきて僕の尻や背、首筋を熱くした。僕は喉をからからに乾かせ、混血を睨みつけたまま黙っていた。

ああ、と混血はあえぎ躰を震わせ始めた。ああ、ああ、と鳩を握りしめたまま彼は顔をあおむけ僕の視線の下で低くあえぎ続けた。僕はもう一歩、荒あらしく踏み出して、院長宿舎への退路をさえぎった。僕の動きに圧されて鳩を握りしめたまま混血は躰をひるがえし、僕が乗りこえたばかりの柵に向って二三歩駈けると、淡い雲を透す真珠色の光沢を持った夜の光のなかへすっかり躰をさらして、僕をふりかえった。彼のこわばって純潔な顔が蒼ざめ唇をかわかせ、長い病気のあとのように衰弱して力なく震えるのを見て僕は躰じゅうにちかちかする熱気をはしらせた。僕はもう背を屈めることもなしに昏い光の中へ出た。

（大江健三郎『鳩』）

このような動物に対する不思議な性欲描写は、谷崎氏の『猫と庄造と二人のをんな』で極点に達していると言えましょう。

「リヽーや」

「ニヤア」

「リヽーや」

「ニヤア」

何度も〳〵、彼女が頻繁に呼び続けると、その度毎にリヽーは返辞をするのであつたが、こんなことは、つひぞ今迄にないことだつた。自分を可愛がつてくれる人と、内心嫌つてゐる人とをよく知つてゐて、庄造が呼べば答へるけれども、品子が呼ぶと知らん顔をしてゐたものだのに、今夜は幾度でも億劫がらずに答へるばかりでなく、次第に媚びを含んだやうな、何とも云へない優しい声を出すのである。そして、あの青く光る瞳を挙げて、体に波を打たせながら手すりの下まで寄つて来ては、又すうつと向うへ行くのである。大方猫にしてみれば、自分が無愛想にしてゐた人に、今日から可愛がつて貰はうと思つて、いくらか今迄の無礼を詫びる心持も籠めて、あんな声を出してゐるのであらう。すつかり態度を改めて、庇護を仰ぐ気になつたことを、何とかして分つて貰はうと、一生懸命なのであらう。品子は初めて此の獣からそんな優しい返辞をされたのが、子供のやうに嬉しくつて、何度でも呼んでみるのであつたが、抱かうとしてもなか〳〵掴まへられないので、暫くの間、わざと窓際を離れてみると、やがてリヽーは身を躍らして、ヒラリと部屋へ飛び込んで来た。それから、全く思ひがけないことには、寝床の上にすわつてゐる品子の方へ一直線に歩いて来て、その膝に前脚をかけた。

これはまあ一体どうしたことか、——彼女が呆れてゐるうちに、リヽーはあの、哀愁に充ちた眼差でじつと彼女を見上げながら、もう胸のあたりへ靠《もた》れかゝつて来て、綿フランネルの寝間着の襟へ、額をぐい〳〵と押し付けるので、此方からも頬ずりをしてやると、頤だの、耳だの、口の周りだの、鼻の頭だのを、やたらに舐め廻すのであつた。さう云へば、猫は二人きりになると接吻をしたり、顔をすり寄せたり、全く人間と同じやうな仕方で愛情を示すものだと聞いてゐたのは、これだつたのか、いつも人の見てゐない所で夫がこつそりリヽーを相手に楽しんでゐたのは、これをされてゐたのだつたか。——彼女は猫に特有な日向《ひなた》臭《くさ》い毛皮の匂を嗅がされ、

ザラ〳〵と皮膚に引つかゝるやうな、痛痒《いたがゆ》い舌ざはりを顔ぢゆうに感じた。そして、突然、たまらなく可愛くなつて来て、

「リ、ーや」

と云ひながら、夢中でぎゆッと抱きすくめると、何か、毛皮のところ〳〵に、冷めたく光るものがあるので、扨は今の雨に濡れたんだなと、初めて合点が行つたのであつた。

（谷崎潤一郎『猫と庄造と二人のをんな』）

六、最も美しい紀行文とはどんなものか

この文章読本で紀行文に言及する余裕がありませんでしたが、私がいちばん美しい紀行文と信ずるのは、木下杢太郎氏の文章であります。私は文章によって見知らぬ他国にあこがれ、そこの国に行っても、木下氏の文章を通じて物を見ているような感じさえしたのであります。

午後一旅館の食堂に午餐して、そして同氏を訪ぬべく街衢を探し歩きました。午

後の街道はホセ・マリヤ・エレヂヤが詩句の如く激烈且つ閑寂で、鮮碧の蒼穹を支配する太陽の威力が卵色の建築を圧迫し、狭い歩道に海洋の如き濃緑の陰を流します。繁瑣な装飾の鉄格子の門を入ると、狭い前庭の後ろに石を敷いた広い客間が開ける。クウバの家には必ず明取りの中庭があつて、家の各室の門戸はそれに向つて開かれます。そして庭には各種の椰子樹《ココス》、葉蘭の如くにして葉に波形の模様ある千《サン》歳蘭《セビリア》、又は紅紫美しき巴豆《クロトン》、時としては桂樹《けいじゅ》を植ゑます。カナリヤ、文鳥等が緑油漆の飾籠の裡に飼はれて居ます。午日は壁面或は樹葉にその金髪を投げて、空想的な光彩で中庭がぎらぎらすると、全くアラビヤ夜話の幻想が実現したかの感を抱かせます。

（木下杢太郎『クウバ紀行』）

七、子供の文章について

子供の文章は表現の奇抜さと、感覚のどきりとするような生々しさと、一種のデフォーメーションの面白さによって人の注意をひきます。子供ながらの文章で人に喜ばれているのは山下清氏の文章でありましょう。しかしそれはあくまで文章として片端のものであって、子供の詩や綴方における奇抜さは、年とともに薄れ、山下氏のような一種の病人でないかぎり、年とともにその魅力は薄れます。そうして大人の常識に犯されてもなおかつ、内部から子供のように新鮮な感覚がひらめくものが本当の文章の面白さなのです。子供は大人よりもさらに「事物の世界」に親しみをもっています。手にしたオモチャや庭の木や、そこらにころがっている石や昆虫や動物が、子供との間に大人よりももっと深い親戚のような関係をもっています。その発見がわれわれを驚かすのですが、われわれはそういう関係をもはや見失っているからです。そうしてこの子供の世界を大人の目からながめたジャン・コクトオの『怖るべき子供たち』や谷崎氏の『小さな王国』によって、われわれは再び子供の世界へ、芸術を通して連れて行かれるので、私にとっては子供の書いた文章よりも、大人の魂が子供の世界にふれた文章の方がずっと貴重なのであります。

八、小説第一の美人は誰ですか

これはごく易しい質問です。文章における小説第一の美人とは、もしあなたが小説を書いて「彼女は古今東西の小説のなかに現れた女性のなかで第一の美人であった」と書けば、それが第一の美人になるのです。言語のこのように抽象的性質によって、小説中の美人の本質が規定されます。これが劇や映画と小説との本質的ちがいであります。それはまた小説と歴史との違いでもありまして、歴史が史上最高の美女というときには、なんらかの裏付けがなければならないのでありますが、小説はそれ自体によって成り立っている小宇宙でありますから、なんらかの事実の裏付けなしに、小説の第一の美女というものはいつでも任意の所、任意の場所に出現するのであります。しかし私の読んだなかで最も神に近い美女をあげろと言われれば、おそらくリラダンの描いた「ヴェラ」をあげるべきでありましょう。

九、小説の主人公の征服する女の数について

最近、遊蕩児をもって鳴るT氏の告白によれば、氏は五十数歳の今日まで、四千七百人の女性を征服したそうであります。光源氏や世之介といえども、「たはふれし女三千七百四十二人。少人のもてあそび七百二十五人。」これだけの数の女性しか征服

しておりません。T氏は世之介の数をのりこえたということを大いに誇りにしております。しかし事実が書かれた芸術を乗越えることは、いとたやすいことであります。人間の想像力には限界があって、事実はいつも上まわります。例えば、古今東西の虐殺や殺戮を書いた作品がどれだけ多くても、原子爆弾の惨害にはかないません。事実の領域はかくして数でこなします。そうして小説家は数字の一つ一つに具体性を与え、いつも主題との関連を保たせ、小説的構造を明快単純にしなければならないので、そこにおのずから数の制限を受けなければなりません。実際に、世間の遊蕩児は光源氏や世之介以上の数をこなしうるのです。しかしその女性ひとりひとりに対する情感の細やかさや、個々の恋愛事件の具体性については、なに一つ覚えていないのが通例で、こういう記録として最も事実に近いものは、カザノヴァのメモワールでありましょう。カザノヴァのメモワールは自分の人生の忠実な再現でありますが、そこにはカザノヴァという一人の男の欲望の軌跡が辿られるばかりで、相手の女性の性格や個性は、ほとんど無視されていると言っても過言ではありません。

　数のなかに埋れることは、事実のなかに埋れることであります。小説家は事実のなかから一つの物語りを刻み出すので、本来こうした数の領域と敵対者の立場にあるはずであります。しかし折々小説家は自分の小説のなかの事件や人物に事実性を与えるために、数を援用します。織田作之助氏が、小説のなかでは、金銭の額にしろ、女の数にしろ、建物の高さにしろ、買物の値段にしろ、すべて事実的な数字を用いるように勧めているのは、小説家のリアリズムの要求の現れであります。こういう点で最も極端なのはマルキ・ド・サドであります。サドの『ソドム百二十日』の終りのほうでは、一つ一つ描写するひまがなくなって、著者が数字の表を提供しています。例えば、

「三月一日以前にもてあそばれて虐殺された人間の数……十人。
三月一日以後に虐殺された数……二十人
生きながらへて帰ってきた数……十六人
合計……四十六人」

このように奇抜な小説的記述はまことにまれでありましょう。

十、文章を書くときのインスピレーションとはどんなものでしょうか

これについてはロンブローゾーがいろいろな天才の面白い、おかしいくせについて

書いていますから引用しましょう。

「ラグランジュはものを書いてゐるときに脈搏の鼓動を感じた」

「シルレルは氷の中に足を突っ込んだ」

「パイシェロは山のやうな寝台掛の下で作物を書いた」

「デカルトは安楽椅子に頭を埋めた」

「ポンネイは厚い布で頭を巻いて冷えた部屋に引っ込んだ」

「ルソオは炎天に頭を晒しながら瞑想した」

「シェリーは炉辺に頭を横たへた」

まったくこれらは全身の血液の循環を犠牲にして、瞬間的に大脳の血液の循環を増加する方法である。

十九世紀前半の詩人コールリッジなどは、「クブラ・カン」という詩を阿片の幻想によって書いた。それからしばらく阿片はデカダンの詩人の霊感の母胎になりました。今世紀に入るとジャン・コクトオなどは霊感を得るために、角砂糖一箱を全部たべて、外套を着たまま寝てみたそうであります。

十一、ユーモアと諷刺はどういうふうに違うのでしょうか

学問的にはいろいろな定義がありますが、ごく簡単にいうと、ユーモアは毒のないものであり、諷刺は毒があるものであります。ですからユーモアには高級なユーモアから、低級なユーモアまでありますが、人を怒らせることがありません。諷刺にも、もちろん江戸時代の落首のような、また今日の漫画のような、ごく大衆的な形式の諷刺もあれば、ヴォルテールの『カンディード』のように高い諷刺小説もあります。諷刺小説の傑作は十八世紀に書かれたものが多く、モンテスキューの『ペルシャ人の手紙』は、たまたまパリに来たペルシャ人の目をとおして書いたというフィクションのもとに、新鮮な先入主のない目で見たパリの風俗の滑稽さをあばき出しています。

ごく大ざっぱに言いますと、諷刺とはものを偏見のない目で、そうしてなんら成心なしに眺め直したときに生ずるグロテスクな効果をねらったもので、本来諷刺は一定の政治目的や党派の目的のために、ことさら目的意識をもって行使されるべきもので

はありません。諷刺とは、われわれが現象だけにとらわれ、仕来りの目だけで見ているもののヴェールをはがして、本質を露呈させる批評の一形式であります。しかもそのヴェールのはがし方が、一般の批評よりも無作法に行われ、その結果諷刺はグロテスクな笑いをひき起します。『ガリヴァーの旅行記』が立派な諷刺小説であるように、諷刺というものは、あらゆる意味でわれわれの見ている世界でない世界を一つの条件として、そこから見たわれわれをあばき出すという形をとるものが多い。ですからイソップをはじめ昔の諷刺作家は、動物の目や小人の目や、怪物の目や巨人の目という人間以外のものの目、あるいはペルシャ人のように異人種の目を借用します。

これに反してユーモアは人間生活の内部における潤滑油のようなものであります。それも緊張に際して行動の自由を奪われる人間の窮屈な神経を解きほぐし、生活上の行動に対して自由な楽な気分にしてはげますものであります。ですからイギリス人は戦場において激しい戦闘のさなかにもユーモアの精神を発揮します。ユーモアと冷静さと、男性的勇気とは、いつも車の両輪のように相伴うもので、ユーモアとは理知のもっともなごやかな形式なのであります。ドイツ人はいかにも男性的尚武の国民として知られていますが、ユーモアの感覚の欠如している点で、男性的特質の大事なものを一つ欠いているということができましょう。

十二、性格描写について

性格という概念は二十世紀以来、小説の中では大して重要ではなくなりました。それは社会における一人一人の担う役割のようなもので、バルザック時代には社会は大きな劇場のようなものであり、一人一人が性格という役を担って行動しているように見えていました。しかしいまやそうした古い家具のような、堅固な手ざわりをもった人間の形というものは認められません。現代人はさまざまな性格を内包し、一つの性格から他の性格へと飛びちがい、おのおの自分のもった役割から逃れたがっています。性格という概念を正確に信じて、性格の演ずるとおりの劇をとことんまで演じた一人の小説家の告白小説がコンスタンの『アドルフ』であります。この十九世紀の初頭に書かれた小説は、アドルフという男の優柔不断な性格が、相手の女および彼自身をも目茶苦茶にしてしまう経過が、目に見えるようにありありと書かれています。そうしてそのあと書で著者はこう申します。「境遇などというものはまことにとるに足らぬもので、性格がすべてです。たとえ外部のものや人とは縁を断てても、自己と縁を断つことはできません。」本文のなかでも、彼はたびたび自分の性格のどうしようもなさについて思いいたします。そうしてエレーノールという強力な性格の女は、弱いアドルフを絶えず傷つけます。「彼女はその批難で私の矜持を傷つけた。私の性格を誇った。」つまりこの恋愛は性格の衝突、性格の演ずる葛藤なのであります。性格というものの概念を如実に知りたかったら、是非『アドルフ』をお読みなさい。

十三、方言の文章について

谷崎潤一郎氏の『細雪』がもし東京弁で書かれたところを想像すれば、方言というものが文学のなかで、どれだけ大きい力をもっているかがおわかりでしょう。『細雪』の翻訳がこのような方言の魅力を伝えなかったら、どれだけ効果を薄くするか想像にあまりあります。谷崎氏は生粋の江戸っ子でありますが、上方に移住してからこの方言の面白さに心を奪われ、さまざまな関西弁の小説を書きました。『卍』は関西弁で書かれた傑作であって、あの不思議な、ぬめぬめとした軟体動物のように動きをやめない小説の構造は、あの独特な関西弁を除外しては考えられません。

外国の作家でも、アメリカの南部の方言やいろいろな方言の効果を大いに用いています。一例がヘミングウェイの『老人と海』でも、フロリダ地方のスペイン語混りの英語が地方色を際立たせます。これなどは言語と大地との結びついた、言語そのものに土地やその土地の風景や植物や服装や色彩や、あらゆるものがからみついた特産物でありまして、小説のなかでも最も翻訳不可能なのは、われわれの歴史的知識と風土感覚が結びついた、このような方言の部分でありましょう。しかし方言を駆使するには一つの外国語を修得するくらいの苦労がいるので、その土地に生れた人間でなければ、ほんとうの方言の味を出すことはできないと言ってもよろしい。

谷崎氏は『卍』を書くに当っては、大阪生れの助手を使ったと言われますが、私の如きなまけ者は、『潮騒』という小説を書くときは、いったん全部標準語で会話を書き、それをモデルの島出身の人に、全部なおしてもらったのであります。木下順二氏をはじめとする民話劇作家は、近代の新劇において不思議な方言を発明しました。これは井伏鱒二氏の創作したような独特な方言ともまたちがった、新劇界の不思議なモダニズムの風潮をさえなしています。どこの国とも知れぬ、どことも限定されない世界を舞台に出現させるために、こういう奇異な方言を使うことは、一種の邪道であります。なぜなら戯曲においては、方言はそれだけでリアリティを与えるかの如き錯覚を、観客の耳に与えるという麻薬だからであります。一部の新人劇作家が、得体の知れない方言を使って戯曲を書くことを、私は一つの技術的逃避だと考えています。


「注射どうなん？　少しは利き目あるらしいのん？」

と、席に復《かへ》ると話を戻した。

「さあ、……あゝ云ふもんは根気よう続けんことにはな」

「何回ぐらゐしたらえゝのん」

「何回したら利く云ふことははつきり云はれん、まあ気長にやつて見るこッてすな、云はれてるねん」

「やつぱり結婚する迄は直らんのんと違ふか知らん」

「直らんこともないやうに、櫛田さんは云うてはるねんけど、……」

「注射であれが拭き取つたやうに綺麗に除《と》れる云ふことはないやろ思ふわ」

さう云つて妙子は、

「さう云へばカタリナが結婚したよ」

と云つた。

「ふうん、こいさんに手紙が来たん？」

「昨日元町でキリレンコに会うたら、妙子さん〳〵云うて追ひかけて来て、カタリナ結婚しましたよ、二三日前に便りがありました、云ふねん」

「誰と結婚したん」

「自分が秘書をしてゐた保険会社の社長やて」

「とう〳〵摑まへたのんかいな」

「キリレンコの所《とこ》へ来た手紙には社長の家の写真が封入してあつて、私等は今此処に住んでる、お母さんも兄さんも私の夫が引き取つて世話したげる云うてるよつて、早う英国へやつて来なさい、旅費はいつでも送つたげると書いてあるのやて。写真で見ると、その家云ふのは大した邸宅で、お城のやうに立派なんやさうな」

（谷崎潤一郎『細雪』）

十四、いい比喩とはどういうものでしょうか

非常に適切な比喩は、小説の文章をあまりにも抽象的な乾燥したものから救って、読者のイメージをいきいきとさせて、ものごとの本質を一瞬のうちにつかませてくれます。しかし比喩の欠点は、せっかく小説が統一し、単純化し、結晶させた世界を、比喩がまたさまざまなイマジネーションの領域へ分散させてしまうことであります。ですから比喩は用いられすぎると軽佻浮薄にもなり、堅固な小説的世界を、花火のように爆発させてしまう危険があります。ジャン・コクトオの小説のなかから、いかにもうまい比喩のいくつかを拾ってみましょう。

「どのような神秘な法則が、ギヨムや、ヴァリッシュや、ド・ボルム公爵夫人の如き人々を、水銀の如く結びつけるのであろうか」

「人々は、恰も木蔦か石像を犯すように、脱疽に侵されてゆく彼を見殺しにしなければならなかった」

「人々は急行列車のような響をたてて通過する我軍の弾丸と、優しい花押《かきはん》の最後を、雷と死の黒いしみで結ぶ、ドイツ軍の砲弾との、編棚の下で暮していた」

「彼は道を続けた。また他の死骸に出会った。今度のは虐殺されて、酔っぱらいに脱ぎ棄てられたカラーや、靴や、ネクタイや、ワイシャツのように投げ出されてあった」

（河盛好蔵氏訳）

十五、造語とは？

字引に出ていない言葉のことです。一例が、久米正雄氏は微苦笑という言葉を発明し、今日ではそれは誰でも知っている言葉になりました。これこそは小説家のセンスが、人間のまぎれもない表情をとらえて、それから新しい作った言葉で表現を与えたわけであります。私はここでは社会評論家が作って、一時流行させる、いわゆる流行語は問題にしません。文学者の造語とは軽薄な流行語とちがって、いままでにある言葉ではどうしても表現できないことを、言葉を曲げても表現しようとする最大の切実さがなければ意味がないのであります。新人の小説などで、やたらに新造語の用いられている小説は、それだけでも誠実味を欠いたものと言わなければなりません。ジェームズ・ジョイスは、その小説のための字引を新たに作らなければならないほど、一語一語彼自身の作った、新造言語による小説『フィネガンの通夜』を書きました。そのなかでは英語を逸脱した次のような言葉が、彼独特のイメージと主題の要求によって使われております。この『フィネガンの通夜』における新字引を紹介しましょう。

voise――voice＋noise……しゃがれた彼の声が騒音を思わせる。

somewhit――somewhat……より一寸ばかり少い。

Shellyholders……貝がらのようにくぼんだ手。

Satisfiction――Satisfaction＋so 'tis fiction……うそを云わないと言ったあとに「ありゃうそだ」という語勢を含ませてみたのである。

Beausome――Bosom＋Beau……美しい夜の懐。または美人の胸。

解　説

野口武彦

故三島由紀夫氏の『文章読本』は、昭和三十四年（一九五九）一月、雑誌『婦人公論』の別冊付録のかたちで世に出、同年六月に中央公論社から単行本として発行された。その執筆は、三島氏の作品年譜の上では長編小説『鏡子の家』を書きつづけていた時期にあたっている。

三島氏がこの『文章読本』を書いた目的は、本書の第一章できわめて明確に説明されている。氏はいう。世に多くある同様な読本は、「素人文学隆盛におもねって、だれでも書ける文章読本というような傾向」を取っているが、自分はそれに妥協しない。実用的文章はだれにでも書けるが、読者の鑑賞に耐え得るような文章は専門的修練を経ない人間がかんたんに書くことができるものではない。すなわち三島氏は冒頭まず文章の「格調と気品」を重んずる潔癖な貴族主義をつらぬくことを表明しつつ、また安直なアマチュアリズムの幻想を排するところから出発するのである。

それでは『文章読本』の意図はどこにあるのか。三島氏はアルベール・チボーデの用語を借りて文学の読者を普通読者（lecteurs）と精読者（liseurs）の二つに分類し、みずからの執筆意図はいままで前者であった人々を後者、「ほんとうに小説の世界を実在するものとして生きて行くほど、小説を深く味わう読者」に導くことにあると宣言する。ひとは精読者《リズール》であることなしに作家になることはできない。その意味では三島氏の『文章読本』は、あなたも作家になれる式の文章入門書に比べればはるかに良心的に、作家志望者にとってのカリキュラムを用意しているともいえるだろう。

このようにして書きはじめられる「第二章　文章のさまざま」以下は、疑いもなく当代一流の文章鑑賞家でもあった三島氏ならではの明快にして綿密な文章論・文体論の展開である。緒論に置かれた「文章のさまざま」で氏が第一に試みるのは、決してたんなる日本語文体の類型的比較ではなく、いわば一つの日本語文章史の概観であるといってよい。現代日本の文章について論じはじめる前に、どうしても奈良平安から江戸にいたるまでの日本語の文章の特質が語られなくてはならなかったということは、氏の日本語の奥行きあるいは縦深性に対する感覚がそれだけ鋭敏であったからに他ならない。それは断じて古典文学の伝統を重視するとか尊重するとかいった曖昧な説明が許されるものではありえない。現代の作家にとっては時には重荷であり、桎梏でもあるような「長い伝統と日本語独特の特質」。それを受け継ぐにせよ、それから逃れようとするにせよ、ともかくも今日の作家たちを過去から規定してくる或る種の呪縛力との格闘こそが、三島氏が発端において設定しなくてはならなかった問題であった。

氏が日本文学の特質を論ずるにあたって前提とする次のような見解は、たんに文章鑑賞家としての立場からの発言であるにとどまらず、三島氏の作家的運命とも根本のところで関わりあう重要な命題であったはずである。

> 日本の純粋のクラシックは、このような（平安朝文学の—筆者注）女流の手に綴られた、いかにも女性的な文学によって代表され、その伝統はいまも長く尾を曳いて、日本文学の特質は一言をもってこれを覆えば、女性的文学と言ってもよいかもしれません。

日本の文学はというよりも、日本の根生（ねおい）の文学は、抽象概念の欠如からはじまったと言っていいのであります。そこで日本文学には抽象概念の有効な作用である構成力だとか、登場人物の精神的な形成とか、そういうものに対する配慮が長らく見失われていました。男性的な世界、つまり男性独特の理知と論理と抽象概念との精神的世界は、長らく見捨てられて来たのであります。

右の二つの命題は、要するに、古代から現代にいたる日本文学の風土には一貫して男性的文学の要素が稀薄である、という主張に帰着する。抽象概念と構成力の男性的文学——対——感情と情念の女性的文学というこの対立は、ほとんどそのまま散文と韻文との対立に置きかえられる。氏によれば、日本文学を終始特徴づけているものはこうした伝統を背後にしたところの韻文的特質である。曰く、

日本語の特質はものごとを指し示すよりも、ものごとの漂わす情緒や、事物のまわりに漂う雰囲気をとり出して見せるのに秀でています。そうして散文で綴られた日本の小説にはどこまでもこのような特質がつきまとって、どこかでその散文的特質をマイナスしつつ、しかも文体を豊かにしているのであります。

もとより、三島氏の主張は日本文学にあっては女性的・韻文的特質がつねに優位を占めているというのであって、男性的・散文的要素が皆無であったというのではない。むしろこの二つはつねに尖鋭な対力を孕みつつ、一種の力学的な緊張を文学創作の現場に与えつづけてきた、と三島氏はいう。いいかえれば、日本文学のうちなる理知的伝統と論理的世界とは、それにふさわしい文体と様式との欠乏に苦しみながら、官能的伝統と情念の世界の遍満に対抗して自己自身の表現を求めてつねに苦闘を重ねてきた。まさにその点にこそ三島氏その人が現在点に立っているところの日本文学史のダイナミズムが成立しているのだと評することが可能であろう。

そしてその三島氏が、明治文学という日本近代文学の発端の一時期において森鷗外の知的文体と泉鏡花の感覚的文体を対比し（「第三章　小説の文章」）、それぞれを江戸以前からの漢文文体および和文文体の継承者として把握した上で、「他の作家の文体はいずれもこの二つの極の間に、それぞれ星座のように位している」と書くとき、氏自身の作家的位置もやはりその宿命的な磁場のどこかに意識されなくてはならなかったことは明らかだろう。出発期における三島氏の絢爛たる抒情的才質、畢生の作品たる『豊饒の海』四部作にもなお濃厚な装飾的文章は、この作家がいかに情深くみずから日本文学の官能的伝統、情念の世界と契りを交していたかを物語って余りある。一方また、三島氏がスタンダールと森鷗外の明晰な文体に終生あこがれつづけ、のみならずそうした文体の導入と構築に成功したことは人の知るとおりである。強烈な男性的意志の造型を過剰なほどに恵まれた官能的感受性との争闘を通じていかに貫徹し、確立するかの追尋こそ、三島文学の終始一貫した劇的主題であったことを考えれば、氏の日本語文章論が意図したところは思い半ばに過ぎるであろう。昭和三十四年の『文章読本』は、まぎれもなく、昭和四十五年に絶筆する「日本文学小史」の自国の文化伝統から男性的な悲劇的意志を掘り起そうとするあの未完の壮図をすでに予感しているのである。

『文章読本』の後半でかなりのスペースを割かれている文章技巧論は、三島氏自身の小説作法を知る上でも見過すことができないものである。三島氏が小説における描写のあれこれを叙述するに先立って、わざわざ翻訳文体論に一章を設けているのに不思議はない。氏はおそらくここで、持ち前の感情と情念に外被をかぶせるための理知的文体の鎧を、森鷗外にはじまる西欧語翻訳文体を学ぶことから鍛えたことを告白しているのである。それはただたんに近代以前に漢文から提供されていた抽象的観念が、西欧語の翻訳に所を変えたというだけのことではない。それは同時にまた、人物描写・自然描写・心理描写・行動描写などについての新しい概念と技巧をもたらした。三島氏が独自の文体構築をしてゆく過程で、あたかも森鷗外における漢文文体のような役割を果したものが、そうした西欧語翻訳文体だったのである。

たとえば心理描写を論じながら三島氏はいう。日本文学は従来「心理と官能や感覚との境目をはっきりさせない」伝統があったが、レイモン・ラディゲに親しんだ自分は「論理で分析できうるかぎりの心理」の追求に惹かれる。事実、このように心理観察者としての作家が或る高みから登場人物たちの心の動きを洞察しながら描写を加えるという視点の導入は、氏の作品を除いた現代日本文学には類例が少いように思われる。描く対象の感情の動きはこれを苛責なく分析し裁断しながら、作家自身の感情はつねにそれから離脱して心理を論理に還元する作業に介入することはない。三島氏の作品のそうした心理主義的側面を、『文章読本』はこんなふうに要約して見せる。「心理描写とは一つの逆説であって、永遠不可知の人間性に対する一つの論理的勝利なのであります」

文学作品の読者を小説世界の内部に生きる人間に導こうとする目的で書きはじめられた『文章読本』は、やがてたんなる文章鑑賞のお手本であることをやめ、いつか三島由紀夫氏自身の小説作法のいくつかの露頭を現わすにいたる。もちろん稀代の意識家であった三島氏にしても、自己自身の文章技巧とそれが意識の表面に抽き出してくる自己の内部の「永遠不可知」の渾沌との関係を百パーセント知悉することは不可能である。しかし氏はさまざまな文章技巧の実例に率直に好悪を表明することで、いかなる文体技術が三島文学の組成をなしているかの問題についてのいわば氷山の一角を呈示する。『文章読本』は三島氏自身がいうように読者をして「あらゆる様式の文章の美しさに敏感」ならしめる意図の書物である。そしてそれと同時に、われわれが三島氏の小説文体として知っている言葉の織物の梭をいっとき停めて、そこに交錯する論理性の経《たていと》と官能性の緯《よこいと》の構造をゆっくりと見定めるための意図せざる自家解説の書でもあるのである。

や・ら・わ行

た行

な行

は行

ま行

■作品名

さ行

た・な行

は行

索　引

■人名

あ行

か行

文章読本

『婦人公論』昭和三十四年一月号　別冊付録
単行本　中央公論社　昭和三十四年六月
文　庫　中公文庫　昭和四十八年八月
　　　　同　　　　平成七年十二月改版

編集付記

一、本書は中公文庫『文章読本』の新装版である。

一、本書は同書の改版(一五刷　二〇一八年二月)を底本とした。新装版刊行にあたり、巻末に新たに索引を付した。

一、本文中、今日の人権意識に照らして不適切な語句や表現が見受けられるが、著者が故人であること、執筆当時の時代背景と作品の文化的価値を考慮して、底本のままとした。

中公文庫

文章読本《ぶんしょうどくほん》

——新装版《しんそうばん》

1973年 8月10日　初版発行
2020年 3月25日　改版発行
2024年 1月30日　改版3刷発行

著　者　三島由紀夫《みしまゆきお》

発行者　安部順一

発行所　中央公論新社
〒100-8152　東京都千代田区大手町1-7-1
電話　販売 03-5299-1730　編集 03-5299-1890
URL https://www.chuko.co.jp/

ＤＴＰ　ハンズ・ミケ
印　刷　三晃印刷
製　本　小泉製本

Published by CHUOKORON-SHINSHA, INC.
Printed in Japan　ISBN978-4-12-206860-5 C1195

各書目の下段の数字はISBNコードです。978－4－12が省略してあります。

中公文庫既刊より

た-30-19
潤一郎訳 源氏物語 巻一
谷崎潤一郎
文豪谷崎の流麗完璧な現代語訳による日本の誇る古典。日本画壇の巨匠14人による挿画入り絵巻。本巻は「桐壺」より「花散里」までを収録。〈解説〉池田彌三郎
201825-9

た-30-20
潤一郎訳 源氏物語 巻二
谷崎潤一郎
文豪谷崎の流麗完璧な現代語訳による日本の誇る古典。日本画壇の巨匠14人による挿画入り。本巻は「須磨」より「胡蝶」までを収録。〈解説〉池田彌三郎
201826-6

た-30-21
潤一郎訳 源氏物語 巻三
谷崎潤一郎
文豪谷崎の流麗完璧な現代語訳による日本の誇る古典。日本画壇の巨匠14人による挿画入り絵巻。本巻は「螢」より「若菜」までを収録。〈解説〉池田彌三郎
201834-1

た-30-22
潤一郎訳 源氏物語 巻四
谷崎潤一郎
文豪谷崎の流麗完璧な現代語訳による日本の誇る古典。日本画壇の巨匠14人による挿画入り絵巻。本巻は「柏木」より「総角」までを収録。〈解説〉池田彌三郎
201841-9

た-30-23
潤一郎訳 源氏物語 巻五
谷崎潤一郎
文豪谷崎の流麗完璧な現代語訳による日本の誇る古典。日本画壇の巨匠14人による挿画入り絵巻。本巻は「早蕨」から「夢浮橋」までを収録。〈解説〉池田彌三郎
201848-8

た-30-13
細雪（全）
谷崎潤一郎
大阪船場の旧家蒔岡家の美しい四姉妹を優雅な風俗・行事とともに描く。女性への永遠の願いを〝雪子〟に託す谷崎文学の代表作。〈解説〉田辺聖子
200991-2

た-30-18
春琴抄・吉野葛
谷崎潤一郎
美貌と才気に恵まれた盲目の地唄の師匠春琴。その弟子佐助は献身と愛ゆえに自らも盲目となる――代表作『春琴抄』と『吉野葛』を収録。〈解説〉河野多恵子
201290-5

た-30-56
少将滋幹《しげもと》の母 他三篇
谷崎潤一郎
平安文学に材を取った、母恋ものの代表作。小倉遊亀による挿画を完全収載。ほかに短篇三作、正宗白鳥らによる時評を付す。〈註解〉明里千章〈解説〉千葉俊二
207088-2

た-30-59
盲目物語 他三篇
谷崎潤一郎
お市の方への思慕を盲目の法師に語らせた表題作。北野恒富の口絵、菅楯彦の挿画（「聞書抄」）、正宗白鳥による時評などを付す。〈註解〉明里千章〈解説〉千葉俊二
207156-8

た-30-58
台所太平記
谷崎潤一郎
特技はお料理、按摩、ゴリラの真似。曲者揃いの女たちが、文豪の家で元気にお仕事中！ 珍騒動と笑いが止まらぬ女中さん列伝。〈挿絵〉山口 晃〈解説〉松田青子
207111-7

た-30-60
疎開日記 谷崎潤一郎終戦日記
谷崎潤一郎
激しい空爆をさけ疎開した文豪が思い出す平和な日の記憶。随筆集『月と狂言師』に永井荷風・吉井勇との往復書簡などを増補。〈註解〉細川光洋〈解説〉千葉俊二
207232-9

た-30-61
人魚の嘆き・魔術師
谷崎潤一郎
人魚に恋をする貴公子、魔術師に魅せられ半羊神と化す幻想世界に遊ぶ名作。水島爾保布の挿画を口絵まで完全収載。〈註解〉明里千章〈解説〉中井英夫／前田恭二
207259-6

た-30-62
瘋癲《ふうてん》老人日記
谷崎潤一郎
性に執着する老人を戯画的に描き出した晩年の傑作長篇。絶筆随筆「七十九歳の春」他、棟方志功による美麗な板画を収載。〈解説〉吉行淳之介／千葉俊二〈註解〉細川光洋
207298-5

た-30-63
卍（まんじ）他二篇
谷崎潤一郎
光子という美の奴隷となり、まんじ巴のように絡みあい破滅に向かう心理を描いたマゾヒズム小説の傑作。〈挿画〉中村明日美子〈解説〉千葉俊二〈註解〉明里千章
207431-6

た-30-25
お艶殺し
谷崎潤一郎
駿河屋の一人娘お艶と奉公人新助は雪の夜駈落ちした。幸せを求めた道行きだった筈が……。芸術とは何かを探求した「金色の死」併載。〈解説〉佐伯彰一
202006-1

各書目の下段の数字はISBNコードです。978－4－12が省略してあります。

た-30-27
陰翳礼讃
谷崎潤一郎
日本の伝統美の本質を、かげや隈の内に見出す「陰翳礼讃」「厠のいろいろ」を始め、「恋愛及び色情」「客ぎらい」など随想六篇を収む。〈解説〉吉行淳之介
202413-7

た-30-45
歌々板画巻《うたうたはんがかん》
谷崎潤一郎 歌
棟方志功 板
文豪谷崎の和歌に棟方志功が「板画」を彫った二十四点に、挿画をめぐる二人の愉快な対談をそえておくる。芸術家ふたりが互角にとりくんだ愉しい一冊である。
204383-1

た-30-46
武州公秘話
谷崎潤一郎
敵の首級を洗い清める美女の様子にみせられた少年——戦国時代に題材をとり、奔放な着想をもりこんで描かれた伝奇ロマン。木村荘八挿画収載。〈解説〉佐伯彰一
204518-7

た-30-52
痴人の愛
谷崎潤一郎
美少女ナオミの若々しい肢体にひかれ、やがて成熟したその奔放な魅力のとりことなった譲治。女の魔性に跪く男の惑乱と陶酔を描く。〈解説〉河野多恵子
204767-9

た-30-54
夢の浮橋
谷崎潤一郎
夭折した母によく似た継母。主人公は継母への憧れと生母への思慕から二人を意識の中で混同させてゆく。谷崎文学における母恋物語の白眉。〈解説〉千葉俊二
204913-0

た-30-6
鍵 棟方志功全板画収載
谷崎潤一郎
妻の肉体に死をすら打ち込む男と、死に至るまで誘惑することを貞節と考える妻。性の悦楽と恐怖を限界点まで追求した問題の長篇。〈解説〉綱淵謙錠
200053-7

た-30-55
猫と庄造と二人のをんな
谷崎潤一郎
猫に嫉妬する妻と元妻、そして女より猫がかわいくてたまらない男が繰り広げる軽妙な心理コメディの傑作。安井曾太郎の挿画収載。〈解説〉千葉俊二
205815-6

う-9-4
御馳走帖
内田百閒《ひゃっけん》
朝はミルク、昼はもり蕎麦、夜は山海の珍味に舌鼓をうつ百閒先生の、窮乏時代から知友との会食まで食味の楽しみを綴った名随筆。〈解説〉平山三郎
202693-3

う-9-10
阿呆の鳥飼
内田百閒
鶯の鳴き方が悪いと気に病み、漱石山房に文鳥を連れて行く……。『ノラや』の著者が小動物たちとの暮らしを綴る掌篇集。〈解説〉角田光代
206258-0

う-9-11
大貧帳
内田百閒
お金はなくても腹の底はいつも福福である——質屋、借金、原稿料……飄然としたなかに笑いが滲みでる。百鬼園先生独特の諧謔に彩られた貧乏美学エッセイ。
206469-0

う-9-12
百鬼園戦後日記Ⅰ
内田百閒
『東京焼盡』の翌日、昭和二十年八月二十二日から二十一年十二月三十一日までを収録。掘立て小屋の暮しを飄然と綴る。〈巻末エッセイ〉谷中安規（全三巻）
206677-9

う-9-13
百鬼園戦後日記Ⅱ
内田百閒
念願の新居完成。焼き出されて以来、三年にわたる小屋暮しは終わる。昭和二十二年一月一日から二十三年五月三十一日までを収録。〈巻末エッセイ〉高原四郎
206691-5

う-9-14
百鬼園戦後日記Ⅲ
内田百閒
自宅へ客を招き九晩かけて還暦を祝う。昭和二十三年六月一日から二十四年十二月三十一日まで。索引付。〈巻末エッセイ〉平山三郎・中村武志〈解説〉佐伯泰英
206704-2

う-9-5
ノラや
内田百閒
ある日行方知れずになった野良猫の子ノラと居つきながらも病死したクルツ。二匹の愛猫にまつわる愛情と機知とに満ちた連作14篇。〈解説〉平山三郎
202784-8

う-9-6
一病息災
内田百閒
持病の発作に恐々としつつも医者の目を盗み麦酒をがぶがぶ……。ご存知百閒先生が、己の病、身体、健康について飄々と綴った随筆を集成したアンソロジー。
204220-9

う-9-7
東京焼盡《しょうじん》
内田百閒
空襲に明け暮れる太平洋戦争末期の日々を、文学の目と現実の目をないまぜつつ綴る日録。詩精神あふれる稀有の東京空襲体験記。
204340-4

各書目の下段の数字はISBNコードです。978-4-12が省略してあります。

ひ-37-1
実歴阿房列車先生
平山三郎
阿房列車の同行者〈ヒマラヤ山系〉にして国鉄職員だった著者が内田百閒の旅と日常を綴った好エッセイ。人物像を伝えるエピソード満載。〈解説〉酒井順子
206639-7

お-2-12
大岡昇平 歴史小説集成
大岡昇平
「挙兵」「吉村虎太郎」など長篇『天誅組』に連なる作品群ほか、「高杉晋作」「竜馬殺し」「将門記」など戦争小説としての歴史小説全10編。〈解説〉川村　湊
206352-5

お-2-13
レイテ戦記（一）
大岡昇平
太平洋戦争の天王山・レイテ島での死闘を再現した戦記文学の金字塔。巻末に講演「『レイテ戦記』の意図」を付す。毎日芸術賞受賞。〈解説〉大江健三郎
206576-5

お-2-14
レイテ戦記（二）
大岡昇平
リモン峠で戦った第一師団の歩兵は、日本の歴史自身と戦っていたのである――インタビュー「『レイテ戦記』を語る」を収録。〈解説〉加賀乙彦
206580-2

お-2-15
レイテ戦記（三）
大岡昇平
マッカーサー大将がレイテ戦終結を宣言後も、徹底抗戦を続ける日本軍。大西巨人との対談「戦争・文学・人間」を巻末に新収録。〈解説〉菅野昭正
206595-6

お-2-16
レイテ戦記（四）
大岡昇平
太平洋戦争最悪の戦場を鎮魂の祈りを込め描く著者渾身の巨篇。巻末に「連載後記」、エッセイ「『レイテ戦記』を直す」を新たに付す。〈解説〉加藤陽子
206610-6

お-2-17
小林秀雄
大岡昇平
親交五十五年、評論から追悼文まで「人生の教師」であった批評家の詩と真実を綴った全文集。巻末に小林との対談収録。文庫オリジナル。〈解説〉山城むつみ
206656-4

お-2-18
成城だより 付・作家の日記
大岡昇平
文学、映画、漫画……闊達に綴った日記文学。一九七九年十一月から八〇年十月まで。「作家の日記」を併録。全三巻。〈巻末付録〉小林信彦・三島由紀夫
206765-3

お-2-19
成城だよりII
大岡昇平
六十五年を読書にすごせし、わが一生、本の終焉と共に終らんとす——。大いに読み、書く日々。一九八二年一月から十二月まで。〈巻末エッセイ〉保坂和志
206777-6

お-2-20
成城だよりIII
大岡昇平
とにかくひどい戦後四十年目だった——。防衛費一％枠撤廃、靖国参拝……戦後派作家の慷慨。一九八五年一月から十二月まで。全巻完結。〈解説〉金井美恵子
206788-2

な-73-3
鷗外先生　荷風随筆集
永井荷風
師・森鷗外、足繁く通った向島・浅草をめぐる文章と、自伝的作品を併せた文庫オリジナル編集。巻末に谷崎潤一郎、正宗白鳥の批評を付す。〈解説〉森まゆみ
206800-1

な-73-1
麻布襍記《あざぶざっき》　附・自選荷風百句
永井荷風
東京・麻布の偏奇館で執筆した小説「雨瀟瀟」「雪解」、随筆「花火」「偏奇館漫録」等を収める抒情的散文集。初の文庫化。〈巻末エッセイ〉須賀敦子
206615-1

な-73-2
葛飾土産
永井荷風
石川淳が「戦後はただこの一篇」と評した表題作ほか、短篇・戯曲・随筆を収めた戦後最初の作品集。久保田万太郎の同名戯曲、石川淳「敗荷落日」を併録。
206715-8

も-4-1
渋江抽斎
森鷗外
推理小説を読む面白さ、鷗外文学の白眉。弘前津軽家の医官の伝記を調べ、その追求過程を作中に織り込んで伝記文学に新手法を開く。〈解説〉佐伯彰一
201563-0

て-8-3
漱石先生
寺田寅彦
自他共に認める別格の弟子が文豪の素顔を親愛の情を籠めて綴る。高等学校での出会いから周辺に集う人々まで。文庫オリジナル。〈巻末エッセイ〉中谷宇吉郎
206908-4

こ-63-1
漱石先生と私たち
小宮豊隆
寺田寅彦、鈴木三重吉から芥川龍之介まで。木曜の面会日に漱石を囲んで集った門下生たちの文学的青春の日々を第一の弟子が語る。〈コミックエッセイ〉香日ゆら
207438-5

各書目の下段の数字はISBNコードです。978－4－12が省略してあります。

さ-80-3
漱石の読書と鑑賞
佐藤春夫編著
新刊の感想、門下生の指導・売り込みなど。漱石書簡中の同時代小説評を佐藤春夫が解説。登場作品十六篇を収録する。百閒の随筆、芥川と久米の返信を付す。
207454-5

た-91-1
俳句の五十年
高浜虚子
子規との出逢い、漱石との思い出、のちに俳風をめぐり対立した畏友、碧梧桐への敬愛。迷走と模索をし続けた日々を振り返る。〈解説〉岸本尚毅
206626-7

い-38-3
珍品堂主人 増補新版
井伏鱒二
風変わりな品物を掘り出す骨董屋・珍品堂を中心に善意と奸計が織りなす人間模様を鮮やかに描く。関連エッセイを増補した決定版。〈巻末エッセイ〉白洲正子
206524-6

い-38-4
太宰治
井伏鱒二
師として友として太宰治と親しくつきあった井伏鱒二。二十年ちかくにわたる交遊の思い出や作品解説など太宰に関する文章を精選集成。〈あとがき〉小沼丹
206607-6

い-38-5
七つの街道
井伏鱒二
篠山街道、久慈街道……。古き時代の面影を残す街道を歩いて、史実や文献を辿りつつ、その今昔を風趣豊かに描いた紀行文集。〈巻末エッセイ〉三浦哲郎
206648-9

い-38-6
広島風土記
井伏鱒二
広島生まれの著者による郷里とその周辺にまつわる回想や紀行文十七編、小説「因ノ島」「かきつばた」、半生記などを収める。文庫オリジナル。〈解説〉小山田浩子
207375-3

こ-14-3
人生について
小林秀雄
名講演「私の人生観」「信ずることと知ること」を中心に、ベルグソン論「感想」（第一回）ほか、著者の思索の軌跡を伝える随想集。〈解説〉水上勉
206766-0

こ-14-2
小林秀雄 江藤淳 全対話
小林秀雄
江藤淳
一九六一年の「美について」から七七年の大作『本居宣長』をめぐる対論まで全五回の対話と関連作品を網羅する。文庫オリジナル。〈解説〉平山周吉
206753-0

よ-15-9
吉本隆明 江藤淳 全対話
吉本隆明
江藤淳
二大批評家による四半世紀にわたる全対話を収める。『文学と非文学の倫理』に吉本のインタビューを増補し改題した決定版。〈解説対談〉内田樹・高橋源一郎
206367-9

え-3-2
戦後と私・神話の克服
江藤淳
癒えることのない敗戦による喪失感を綴った表題作ほか「小林秀雄と私」など一連の「私」随想と代表的な文学論を収めるオリジナル作品集。〈解説〉平山周吉
206732-5

え-3-3
石原慎太郎・大江健三郎
江藤淳
盟友・石原慎太郎と好敵手・大江健三郎をめぐる全評論とエッセイを一冊にした文庫オリジナル論集。稀代の批評家による戦後作家論の白眉。〈解説〉平山周吉
207063-9

よ-5-9
わが人生処方
吉田健一
独特の人生観を綴った洒脱な文章から名篇「余生の文学」まで。大人の風格漂う人生と読書をめぐる随想集。吉田暁子・松浦寿輝対談を併録。文庫オリジナル。
206421-8

よ-5-13
酒宴／残光 吉田健一短篇小説集成
吉田健一
翻訳、批評から小説へと自在に往還し独自の文学世界を築いた文士・吉田健一。その初期短篇小説集『酒宴』『残光』の全一七篇を収録。〈解説〉富士川義之
207194-0

よ-5-12
父のこと
吉田健一
ワンマン宰相はワンマン親爺だったのか。長男である著者の吉田茂に関する全エッセイと父子対談「大磯清談」を併せた待望の一冊。吉田茂没後50年記念出版。
206453-9

よ-15-10
親鸞の言葉
吉本隆明
名著『最後の親鸞』の著者による現代語訳で知る親鸞思想の核心。鮎川信夫、佐藤正英、中沢新一との対談を収録。文庫オリジナル。〈巻末エッセイ〉梅原猛
206683-0

は-73-1
幕末明治人物誌
橋川文三
吉田松陰、西郷隆盛から乃木希典、岡倉天心まで。歴史に翻弄された敗者たちへの想像力に満ちた出色の人物論集。文庫オリジナル。〈解説〉渡辺京二
206457-7

各書目の下段の数字はISBNコードです。978-4-12が省略してあります。

し-9-7
三島由紀夫おぼえがき
澁澤龍彦
絶対と相対、生と死、精神と肉体――様々な観念を表裏一体とする激しい二元論に生きた天才三島由紀夫。親しくそして本質的な理解者による論考。
201377-3

し-9-12
サド侯爵の生涯 新版
澁澤龍彦
神をも恐れぬ性の饗宴に耽溺し、社会と良識に挑戦した十八世紀フランスの貴族、サドの真実を捉えた画期的評伝。〈解説〉出口裕弘〈巻末エッセイ〉三島由紀夫
206918-3

ニ-2-3
ツァラトゥストラ
ニーチェ
手塚富雄 訳
近代の思想と文学に強烈な衝撃を与え、今日なお予言と謎に満ちたニーチェの主著を格調高い訳文と懇切な訳注で贈る。〈巻末対談〉三島由紀夫・手塚富雄
206593-2

ケ-1-4
ファウスト 悲劇第一部
ゲーテ
手塚富雄 訳
あらゆる知的探究も内心の欲求を満たさないと絶望したファウストは、悪魔メフィストフェレスと魂をかけた契約を結ぶ。〈巻末エッセイ〉河盛好蔵・福田宏年
206741-7

ケ-1-5
ファウスト 悲劇第二部
ゲーテ
手塚富雄 訳
巨匠ゲーテが言葉の深長な象徴力を駆使しつつ自然と人生の深奥に迫った大作を、翻訳史上画期的な名訳で贈る。読売文学賞受賞作。〈巻末エッセイ〉中村光夫
206742-4

キ-3-34
日本の文学
ドナルド・キーン
吉田健一 訳
詩人の魂をもって書かれた日本文学入門――とたたえられた著者若き日の美しい情熱の書。詩、劇、小説、欧米の影響の各章によって分析。〈解説〉三島由紀夫
206845-2

ち-8-16
対談 日本の文学 素顔の文豪たち
中央公論新社 編
森鷗外、夏目漱石、芥川龍之介、谷崎潤一郎、太宰治……文豪の家族や弟子が間近に見たその生身の姿を語る。全集『日本の文学』の月報対談を再編集。全三巻。
207359-3

ち-8-17
対談 日本の文学 わが文学の道程
中央公論新社 編
川端康成、小林秀雄、宇野千代、井伏鱒二、武田泰淳、三島由紀夫、有吉佐和子、開高健……作家が自らの作品、当時の文壇事情や交友を闊達自在に語り合う。
207365-4

ち-8-18
対談 日本の文学 作家の肖像
中央公論新社編
泉鏡花、国木田独歩、島崎藤村、林芙美子、柳田国男、菊池寛、稲垣足穂、横光利一……全集編集委員や同時代評論家による作家論。〈解説〉大岡昇平／関川夏央
207379-1

た-30-28
文章読本
谷崎潤一郎
正しく文学作品を鑑賞し、美しい文章を書こうと願うすべての人の必読書。文章入門としてだけでなく文豪の豊かな経験談でもある。〈解説〉吉行淳之介
202535-6

ま-17-9
文章読本
丸谷才一
当代の最適任者が多彩な名文を実例に引きながら文章の本質を明かし、作文のコツを具体的に説く。最も正統的で実際的な文章読本。〈解説〉大野 晋
202466-3

よ-17-15
文章読本
吉行淳之介選
日本ペンクラブ編
名文とは何か——。谷崎潤一郎から安岡章太郎、金井美恵子まで、二十名の錚々たる作家が綴る、文章術の極意と心得。〈巻末対談〉吉行淳之介・丸谷才一
206994-7

あ-20-4
新編 散文の基本
阿部 昭
『短編小説礼讃』の著者による小説作法の書。「私の文章作法」「短篇小説論」に日本語論、自作解説等を増補した新編集版。巻末に荒川洋治との対談を収録。
207253-4

こ-62-1
小説作法
小島信夫
書き続けるために本当に大切な事とは……これからの創作者に伝える窮極のエッセンス。単著未収録のトークを中心にした文庫オリジナル。〈解説〉保坂和志
207356-2

ほ-12-10
書きあぐねている人のための小説入門
保坂和志
小説を書くために本当に必要なことは？ 実作者が教える、必ず書けるようになる小説作法。執筆の裏側を見せる「創作ノート」を追加した増補決定版。
204991-8

ラ-3-1
作家の仕事部屋
ランビュール編
岩崎 力訳
筆記具、部屋の間取り、時間帯……バルト、サガン、レヴィ＝ストロースなど二十五人の巨匠達がインタビューで明かす、自分だけの執筆スタイル。〈解説〉読書猿
207397-5

各書目の下段の数字はＩＳＢＮコードです。978－4－12が省略してあります。

み-9-11 **小説読本** 三島由紀夫
作家を志す人々のために「小説とは何か」を解き明かし、自ら実践する小説作法を披瀝する、三島由紀夫による小説指南の書。〈解説〉平野啓一郎
206302-0

み-9-12 **古典文学読本** 三島由紀夫
「日本文学小史」をはじめ、独自の美意識によって古今集や能、葉隠まで古典の魅力を綴った秀抜なエッセイを初集成。文庫オリジナル。〈解説〉富岡幸一郎
206323-5

み-9-13 **戦後日記** 三島由紀夫
「小説家の休暇」「裸体と衣裳」ほか、昭和二十三年から四十二年の間日記形式で発表されたエッセイを年代順に収録。三島による戦後史のドキュメント。
206726-4

み-9-14 **太陽と鉄・私の遍歴時代** 三島由紀夫
三島文学の本質を明かす自伝的作品二編に、自死直前のロングインタビュー「三島由紀夫最後の言葉」（聞き手・古林尚）を併録した決定版。〈解説〉佐伯彰一
206823-0

み-9-9 **作家論 新装版** 三島由紀夫
森鷗外、谷崎潤一郎、川端康成ら作家15人の詩精神と美意識を解明。『太陽と鉄』と共に「批評の仕事の二本の柱」と自認する書。〈解説〉関川夏央
206259-7

み-9-10 **荒野より 新装版** 三島由紀夫
不気味な青年の訪れを綴った短編「荒野より」、東京五輪観戦記「オリンピック」など、〈楯の会〉結成前の心境を綴った作品集。〈解説〉猪瀬直樹
206265-8

み-9-16 **谷崎潤一郎・川端康成** 三島由紀夫
世界的な二大文豪を三島由紀夫はどう読んだのか。両者をめぐる批評・随筆を初集成した谷崎・川端文学への最良の入門書。文庫オリジナル。〈解説〉梶尾文武
206885-8

み-9-17 **三島由紀夫 石原慎太郎 全対話** 三島由紀夫 石原慎太郎
一九五六年の「新人の季節」から六九年の「守るべきものの価値」まで初収録三編を含む全九編。七〇年の士道をめぐる論争、石原のインタビューを併録する。
206912-1